던전사냥꾼
Dungeon Hunter

던전사냥꾼 3
Dungeon Hunter

온후 현대 판타지 장편 소설

초판 1쇄 찍은 날 | 2016년 5월 4일
초판 1쇄 펴낸 날 | 2016년 5월 13일

지은이 | 온후
펴낸이 | 예경원

기획 | (주)위시북스
편집책임 | 박우진
편집 | 이즈플러스

펴낸곳 | 예원북스
등록번호 | 제396-2012-000132호
등록일자 | 2012. 7. 25
KFN | 제1-005호

주소 | 경기도 고양시 일산동구 호수로 646-24 위너스21II빌딩 206A호 (우)10401
전화 | 031-819-9431 팩스 | 031-817-9432
E-mail | yewonbooks@naver.com

ⓒ온후, 2016

ISBN 979-11-5845-602-3 04810
      979-11-5845-629-0 (set)

온후 현대 판타지 장편 소설

WISHBOOKS MODERN FANTASY STORY

던전사냥꾼

Dungeon Hunter ③

Wish
Books

던전사냥꾼
Dungeon Hunter

CONTENTS

Chapter 14 던전 공방록   7

Chapter 15 신이 떨어진 장소   33

Chapter 16 기간테스   125

Chapter 17 번식종   153

Chapter 18 15일 전쟁   203

Chapter 19 마계 옥션   243

Chapter 14

던전 공방록

Dungeon Hunter

탕! 타앙!

산 곳곳에서 울려 퍼지는 총기 소리. 매캐한 화약 냄새와 비릿한 피 냄새가 사방을 메우고 있었다.

"이 개새끼들아!!"

두두두두두!

장갑차 안에서 육식을 즐기던 고블린들을 향해 기관총 사수 한 명이 총을 난사하기 시작했다. 방심한 고블린 몇 마리를 죽일 수 있었지만, 그게 전부였다.

마수는 죽음을 두려워하지 않는다.

군인 한 명이 전면에 나선 순간 끝난 것과 같았다.

목숨을 도외시한 채 양옆으로 고블린이 벌 떼같이 덮쳐들었다.

"끄아악!"

그 뒤로는 순식간이었다. 날카로운 고블린의 이빨에 군인의 얼굴이 절반가량 뜯겨 나가고 희멀건 뇌수가 모습을 드러냈다. 군인은 즉사했다. 적어도 산 채로 뜯어 먹히는 고통을 당하진 않아서 다행이라 할 수준의 처참한 광경이었다.

키에엑!

그와 동시에 굶주린 듯 쓰러진 군인의 목덜미를 뜯어먹던 고블린의 이마가 꿰뚫렸다. 연이어 수십, 수백 발의 총알이 작열하며 고블린들은 벌집이 되었다.

시체 옆으로 총격을 가한 몇몇 군인이 나타났다.

"빌어먹을 마수새끼들!"

역한 광경에 모습을 드러낸 군인들이 인상을 찌푸렸다.

입가에 토사물을 덕지덕지 붙인 이도 있었다. 여기 오기까지 더한 장면도 숱하게 본 탓이다.

숫자의 열세, 죽음을 두려워하지 않는 마수군단의 공포!

북한산에 자리 잡은 주둔지 모두가 일거에 습격을 받은 듯싶었다. 무전으로 연락되는 곳이 없는 걸 보면 모두 그만한 상황 아래에 있다는 뜻이었다.

겨우 살아남은 군인들이 무기고에 있던 수류탄과 총알을 바리바리 싸들고 응전했지만 목숨은 여벌이 없었다.

주둔지 안에서 총격전을 벌이면 벌일수록 마수들이 꼬였다. 백오십에 달하던 군인 중 겨우 열 정도가 살아남았다.

그들의 얼굴엔 이미 패색이 짙었다.

"중대장님, 괜찮습니까?"

"씨바! 넌 이게 괜찮은 걸로 보이냐! 부상자들 챙겨서 따라와! 바로 이동한다!"

혹시 모른다.

주변에 남은 마수가 있을지도.

겨우 열 남짓한 병력으로 오크라도 만났다간 미래가 없다.

부상병을 챙겨 막 이동을 시작하려 할 때였다.

그런데 누가 그랬던가?

혹시가 '역시'가 된다고…….

취익. 취이익.

"씨바……."

사전에 교육받아 익숙한 오크의 거친 숨소리를 들은 중대장이 욕설을 내뱉었다.

강북구 수유동 북한산 국립공원 근처의 편의점.

오늘도 편의점 안에서 남은 삼각 김밥을 뜯어 먹던 편돌이 김군삼은 때마침 들어온 짧은 핫팬츠와 골이 파인 은색 블라우스 차림의 여인을 보고 침을 꿀꺽 삼키며 말했다.

"어서 오세요~"

여인은 찬바람을 쌩쌩 날리며 김군삼을 무시한 채 생리대 코너로 들어갔다. 김군삼은 콧잔등을 쓸더니 내심 감탄을 내뱉었다.

'하! 뒤태 쥑이네.'

핫팬츠 차림 덕분인지 볼록하게 튀어나온 둔부가 유독 강조되었다. 자연스럽게 눈이 갈 수밖에 없었다.

'유흥 쪽 사람인가? 이 주변 방값이 싸서 그런지 이런 여자가 자주 보인단 말이야. 헤헤…….'

북한산에 던전이 생기고 주변 땅값은 크게 휘청거렸다.

마음 같아선 던전이 코앞이라 위험천만한 이런 편의점에서 아르바이트를 하기 싫었지만 시급이 센지라 울며 겨자 먹기로 선택한 것이다.

한데 며칠 아르바이트를 해보곤 생각을 바꾸었다. 마음먹기에 따라 이곳은 오아시스가 될 수도 있었다.

주변에 유흥업소가 많아 그쪽 관련 사람들이 편의점 근처의 값싼 방을 얻고 이처럼 자주 들락거렸기 때문이다.

여인은 '좋은 느낌'을 골라 계산대 위에 당당하게 올려놓았다.

그러곤 찬바람이 쌩쌩 부는 얼굴로 김군삼을 바라봤다.

'기가 엄청 세 보이네.'

섹시하긴 하지만 너무 기가 세 보인다는 게 단점이다.

김군삼은 헛기침을 내뱉으며 말했다.

"흠흠! 8,800원입니다. 봉투 드릴까요?"

"그건 구경값으로 대신하죠."

"예?"

"제 엉덩이, 계속 쳐다봤잖아요?"

"무슨 소리를 하시는 건지 모르겠습니다만, 손님?"

김군삼은 당황하여 급히 해명했다.

고개 한 번 돌리지 않은 이 여자가 대체 어떻게 알았단 말인가?

양심이 찔리는 것은 어쩔 수 없으나 부정해야만 했다.

여인이 표독스럽게 김군삼을 노려봤다.

"CCTV 확인해 볼까요? 그쪽이 내 엉덩이 봤나 안 봤나!"

이 여자가 엉덩이 좀 본 걸로 왜 이래?

'그날이라 그런가?'

김군삼은 속이 타는 마음으로 막 항변의 말을 꺼내려 했지만 순간 유리 창문 바깥으로 보이는 광경에 넋을 잃고 말았다.

"이봐요!"

"마, 마……."

"뭐라는 거야?"

어버버.

김군삼이 몸을 떨며 검지를 들어 바깥을 가리킨다.

여인은 이에 눈살을 찌푸리며 고개를 돌렸고 곧 김군삼과 비슷한 반응을 보일 수밖에 없었다.

"아……."

"마수!!"

둘의 시선이 향한 곳.

그곳에서 수백의 마수가 도보를 통해 이동하고 있었다.

몬스터 웨이브.

마수가 던전을 빠져나오는 현상의 총칭.

이미 여러 나라에서 몇 차례 일어난 바가 있으며 한국은 공식적으로 다섯 번째 몬스터 웨이브가 일어난 나라였다.

그나마 던전 근처에서 주둔하던 군인들의 희생으로 상당히 많은 마수를 사전에 격퇴할 수 있었으나 역부족이었다.

북한산을 내려온 마수들은 그 즉시 강북구와 은평구를 습격했다. 마수의 존재를 눈치챈 뒤 대피령이 발령됐지만 우이동, 수유동, 갈현동이 괴멸적인 타격을 입은 건 어쩔 수 없었다.

사실 이미 많은 사람이 우려하던 일이었다. 몬스터 웨이브가 터지면 인근 도시는 쑥대밭이 될 것이라는 이야기는 예언이라고조차 할 수 없는 상식적인 발언이었다.

하지만 모든 언론 매체와 정부가 입을 모아 군인들을 믿으라는 등, 마수는 던전 바깥에서 전혀 힘을 쓰지 못한다는 등의 말을 아끼지 않았고 수많은 이해관계와 재산이 묶여 있던 사람들은 그 말을 철석같이 믿었다.

그러나 막상 일이 터지자 후속으로 도착해야 할 군대의 반응이 너무나도 무뎠다. 경제·문화·교통의 중심지인 서울특별시 한복판인지라 적극적인 대처를 하지 못한 것이다.

그 결과 집계된 사상자가 1,732명이나 되었다.

중상자와 실종된 이를 포함하면 이천 단위가 넘어가는 막대한 피해.

던전을 빠져나온 마수들을 격퇴하는 데에는 성공했으나 한차례 몰아닥칠 후폭풍을 생각하니 높으신 분들이 머리를 싸매며 두통을 호소하기 시작했다.

'그래서 선택한 게 던전을 치는 거였지.'

나는 느긋하게 던전 최상층에서 그 광경을 바라보고 있었다. 던전 코어로 홀로그램을 띄워 관람이라도 온 듯이 여유롭기 그지없었다.

군대의 자존심인지 뭔지는 몰라도 각성자 한 명 대동하지 않은 채 막무가내로 밀고 들어왔다. 바보천치에 딱 어울리는 대처다.

던전 안은 마력의 파동이 아주 강렬하다.

마력이란 무엇인가?

본래의 모습, 근원적인 힘이다.

인간들의 손을 탄 현대 문명은 근원과는 아주 먼 모습이다. 오히려 근원을 갉아먹는 주범이라 할 수 있기에 작동조차 제대로 되지 않는다. 설령 작동이 되더라도 위력이 크게 반감한다.

그나마 각성자는 그 마력의 파동에서 자유로우나 현대 무기보단 파장이 맞는 무기를 사용하는 게 훨씬 효율이 좋다.

그런데 일반적인 인간으로만 구성된 군대로 던전을 쳐들어왔다?

피식 웃고 말았다.

'일반인을 죽여 봤자 포인트를 얻지는 못하지만……'

포인트를 주는 존재는 오직 각성자뿐이다. 다른 던전의 마족이나 마수도 주긴 하지만 인간들로만 따져 봤을 땐 그랬다.

일반인을 대량 학살하여 얻을 수 있는 건 기여도뿐이었다.

지구 멸망 기여도.

그리고 1억 명가량을 몰살하면 업적과 칭호를 얻을 수 있었다.

나는 그보다 마족을 죽이는 길을 택했기에 기여도에는 크게 관심이 없었다. 1억 명을 몰살시키려면 대한민국 내에 모든 이를 죽여도 부족하다. 그것은 매우 번거로운 일이었다.

양식장으로 이용하는 게 백배는 낫다.

'차라리 크리슬리에게 선물로 줘야겠군. 저 정도 물량이면 언데드로 제조해도 재미가 쏠쏠할 터.'

나는 턱을 쓸며 던전에 들어온 이들의 미래를 결정지었다.

어차피 죽으면 마수들의 밥이 될 거, 언데드 제조의 숙련도를 올리는 데 이용하는 편이 훨씬 나을 거 같았다.

재활용이라면 재활용이다.

'하지만…… 내 던전이 무시당하는 것도 좋은 기분은 아니야.'

북한의 도발에도 가만히 있었던 군대가 몬스터 웨이브가 일어나고 얼마 안 되어 쳐들어왔다. 이게 무엇을 의미하겠나?

아주 얕잡아 보이고 있다는 거다.

저급한 마수로 구성된 오천의 군단만 상대해 봤으니 기고만장할 법하지만…….

'던전의 주인으로서 맞이해 주지 않을 수 없겠군.'

물론 직접 나서진 않을 것이다.

공식적으로 내가 모습을 드러내는 것도 썩 달갑지 않았다.

고작 인간들의 군대 따위에 던전의 주인이 나설 필요가 무에 있단 말인가?

격이 맞지 않는다.

각성자들이 대거 들어왔을 때랑은 전혀 다르다. 그때조차
처음에는 마수들로만 처리하게 했었다.

잠시 생각을 정리한 후 나는 크라스라와 다크 엘프들을 모
이게 만들었다.

드워프는 내버려 두었다. 파이록을 돌볼 이들이 필요했으
니까.

그리고 하피의 번식을 위해 5층의 수문장 역할을 맡긴 머
드 골렘 20기와 꼭두각시 인형 30기를 움직였다.

쿠웅.

쿠웅.

높이 4m, 몸무게만 2톤에 달하는 육중한 크기의 머드 골
렘 20기가 일렬로 정렬하여 질서정연하게 이동하고 있었다.

굳은 진흙을 주재료로 사용하여 연금술과 마법으로 정제
된 병기.

중급 마수에는 못 미치나 하급 마수 중에서는 당할 게 없
는 존재였다.

그 옆에는 각종 금속으로 만들어진 인간 형태지만 전신이
무기인 꼭두각시 인형 30기가 주인의 명을 따라 1층으로 향
하는 중이었다.

머드 골렘의 양쪽 어깨 위에는 다크 엘프가 한 명씩 올라

서 있었다. 그들은 활과 짧은 단검으로 무장한 상태였다.

다크 엘프가 쏘아내는 화살은 눈에 보이지 않을 정도로 빠르며 어둠 속에서 단도를 휘두르면 죽음의 암살자가 된다.

거기다가 던전 안이라는 시너지 효과가 더해지면 적어도 인간들을 상대로 다크 엘프는 무적이었다.

그 숫자가 40에 달했다.

모두 합쳐 백이 되지 않았지만 이 정도면 충분하다 못해 넘치는 숫자였다.

"정지!"

화르륵!

불로 이루어진 말, 인페르노!

인페르노 위에 크라스라가 앉아 있었다.

마법 귀걸이를 푼 크라스라는 본연의 모습을 되찾은 상태였다.

정지를 외친 그의 눈엔 결연한 각오가 서려 있었다.

'내게 인페르노를 맡기셨다. 즉, 압도적인 무력을 앞세워 적을 유린하라는 것!'

던전 마스터.

그가 직접 인페르노를 빌려주었다.

말은 하지 않았지만 일국의 장군으로 출전해 적을 쓸어버리라는 명이다.

그러나 크라스라는 짧게나마 인간을 경험해 보았고 그들의 무력이 형편없다는 걸 알았다. 도구를 사용한대도 이만한 병력을 이길 수 있으리란 생각은 도저히 들지 않았다.

전술? 전략?

필요도 없다.

정면승부!

그리하여 완벽하게 깨부수겠다.

크라스라와 그의 병력이 있는 곳은 1층. 500m 앞에 적들이 포진한 것을 정찰대를 통해 확인했다.

크라스라가 붉은색의 창을 높이 들었다.

"적들은 이 앞에 있다. 더러운 발자취를 남기는 인간들에게 철퇴를 가해야 한다. 숫자는 많으나 그들은 약자다! 우리에게 짓밟힐 운명의 소유자인 것이다!"

다크 엘프들의 눈에 반가움이 솟았다.

그들이 온 곳은 마계.

강자독식의 세계였다.

약자는 모멸받는 게 당연한 그곳.

비록 다크 엘프들 역시 힘이 약해 계약을 하고 이곳에 도달했지만 다시 한 번 자신의 가치를 증명해 보일 기회였다.

어찌 즐겁지 않으랴!

크라스라는 창을 앞으로 내밀며 인페르노의 배를 한 차례 찼다.

이히힝!

인페르노가 달려가기 시작했다.

크라스라는 사자후를 내질렀다.

"한 놈도 남김없이 쓸어버려라!"

필리핀, 중국 상동, 인도, 프랑스, 그리고 한국.

몬스터 웨이브가 일어난 순서다.

프랑스를 제외하면 처음부터 제대로 방비하지 않았다는 게 공통점이었고, 그나마 한국은 던전 근처에 군대를 주둔시켰으나 그 후의 대처가 빠르지 못했다.

결국 천 명이 넘어가는 사상자와 수조에 이르는 재산 피해를 입었으니 국민들의 원성은 대단히 높아질 수밖에 없었다.

현 정권은 이를 무마하고자 언론을 통해 국민들이 인지하는 던전의 위험성을 축소하기 위한 프로파간다를 시도했지만 특정 집단을 제외하곤 먹혀들지 않았다.

이미 피해가 무지막지한 상황에서 던전의 위험성을 낮게 잡는다고 국민 여론이 흔들릴 리 만무했던 것이다.

하여 흐름을 바꾸고자 사단 하나를 통째로 던전에 밀어 넣었고 청와대 지하 벙커 안보 회의실에서 대통령과 국방부장관, 해당 사단의 직속상관인 중장, 안보 회의 담당 행정관들이 모여앉아 작전의 수행 정도를 전해 듣고 있었다.

쾅!

"이번 작전이 망하면 우리는 전부 죽는 겁니다. 잘돼야 합니다. 그런데 하필이면 던전에 들어가고 얼마 지나지 않아서 연락이 끊겼다고요? 최춘기 중장, 유선 라인을 직접 설치하면 된다고 하지 않았습니까?"

테이블을 주먹으로 내려치며 대통령이 외치자 최춘기 중장은 식은땀을 뻘뻘 흘리며 바짝 마르는 입술을 핥았다.

"각하, 걱정하지 마십시오. 특수 수도 방위사단의 화력은 막강합니다. 그깟 마수들이 판을 친다고 해도 특방사의 화력을 막지는 못할 것입니다."

"최춘기 중장! 던전을 쓸어버리는 건 당연한 겁니다. 문제는 최소한의 피해로 그걸 성사시키는 거고! 그래야 숨이라도 쉴 수 있다는 걸 정말 모르는 겁니까!"

최춘기 중장은 답답한 마음을 살짝 내보였다. 한 개 사단이 가지는 힘이 얼마나 대단한지 모르는 건가? 하물며 던전을 처리하고자 특수하게 조직된 사단이다.

특전사와 기동 타격이 가능한 장갑차, K1A1, K2 전차 등으로 무장된 특방사는 그중에서도 최강이라 평할 만했다.

고작 마수 따위가 어떻게 할 수 있는 힘이 아니었다.

최신 화기를 장착한 병사들 앞에 마수는 과녁일 뿐이었다.

"걱정하지 마십시오, 각하. 비록 통신이 끊겼다고 해도 통신병을 직접 들어가게 하면 됩니다. 수 시간 내에 전황이 전해질 것이고 그것은 저희에게 매우 좋은 소식이리라 장담합니다."

최춘기 중장은 자신했다.

질 리가 없다.

여태껏 코어에 관한 여러 정치 관계가 얽혀 던전을 놔뒀지만 이건 말하자면 퍼포먼스다. 국민들의 불만을 잠재우고자 아주 손쉽게 대처할 수 있는 일이었다.

던전 바깥에서 수천의 마수 무리를 일거에 초토화시켰기에 최춘기 중장은 오히려 대통령의 태도가 이해되지 않았다.

대통령이 주먹을 부르르 떨었다.

"반드시 그래야 할 겁니다. 목이 잘리기 싫으면…… 반드시!"

최춘기 중장의 희망적인 관측과는 다르게 일선에서 활약하는 병사들의 상황은 썩 좋지가 않았다.

8천여 명이 움직이는 것이라 마수들도 쉽사리 덤벼들지는 못했지만 문제는 던전 안쪽으로 들어갈수록 현대 과학의 산물이라 칭해지는 것들이 점차 오작동하기 시작했다는 것이다.

가장 먼저 무전기와 유선으로 연결한 통신기가 먹통이 되었다. 탱크나 장갑차 등이 연기를 내뿜더니 멈춰 섰고 화기들도 크게 다르진 않으리라 예상되는 상황이었다.

"사단장님, 모든 통신기가 먹통입니다. 통신병을 돌려도 던전 입구까지 다섯 시간은 걸릴 것 같습니다. 어쩌시겠습니까?"

"작전대로 간다. 마수들은 총만 있어도 충분해."

사단장은 확고한 의지로 작전 수행을 명했다.

그 말을 전해 들은 병사들의 얼굴에는 암담함이 서렸다.

현대 과학의 산물들이 던전 안에선 먹통이 된다는 것은 이미 많은 이가 알고 있는 사실이었다. 미국이 직접적으로 공표했으니 던전에 조금만 관심을 가졌다면 모르려야 모를 수가 없었다. 아니, 알고도 '진짜 그러겠느냐' 싶어서 작전을 수행시켰을 확률이 더 높겠다.

하지만 일개 군인들은 명령에 따라야 하는 존재다. 위에서 시키면 그대로 해야만 하는 게 그들인 이상, 작게 불평 몇 마디 하는 게 고작이었다.

"에효, 관심도 없겠지. 위에선……."

전방의 병사 한 명이 중얼거렸다. 주변의 병사가 동의한다는 듯 고개를 주억였다.

부와 권력을 쥔 이들이 던전보단 던전에서 나오는 코어에만 혈안이 되어 있다는 걸 군인이라고 모를 리 없었다. 던전 안에서 무슨 일이 일어나는지는 크게 관심이 없을 터였다.

각성자라도 포함되어 있었다면 불안함이 덜할 텐데 위에선 의도적으로 각성자를 제명시켰다.

오로지 인간의 힘으로 던전을 정복하겠다는 절절한 의지마저 느껴졌지만…….

"이게 무슨 소리야?"

"땅이 울리는데?"

"정지!"

쿠우웅.

쿠우우웅.

돌연 던전이 울리며 지척에서 커다란 광음이 들려왔다.

병사들은 의아해하며 그나마 작동하는 대형 손전등과 땔감으로 겨우 만든 횃불을 소리가 들려온 방향으로 돌렸고, 그 순간 끄트머리에서 달려오는 무언가를 발견할 수 있었다.

아주 빠른 속도로 달려오는 그것은 커다란 말이었다.

그냥 말도 아닌, 불로 이뤄진 말!

그 위에 누군가가 타고 있었다.

난생처음 보는 생명체에 모두가 넋이 나갔을 무렵.

병사들의 입이 벌어지기 시작했다.

그저 특이한 말 한 마리만 나왔다면 이처럼 놀라진 않았을 것이다.

하지만 광음을 낸 존재들을 마주한 순간 병사들은 정신이 아득해짐을 느꼈다.

수십 기의 거대한 골렘!

열을 맞춰 다가오는 그 광경은 압도적이란 말로도 부족했다.

그 옆으로 반짝이는 금속 인형들이 땅 위를 날 듯 빠르게 날아오고 있었다.

"전투 준비! 전투 준비!"

첫 전투이자 대미를 장식할 전장은 그렇게 찾아들었다.

층을 나누어 마수를 배치하는 이유는 뭘까?

이는 오로지 각성자를 위한 안배다.

차례대로 성장시켜 포인트를 얻기 위한 수단.

한데 그조차 할 수 없는 자들이 던전에 발을 들였다.

굳이 층을 나누어 기다려 줄 필요가 없다는 뜻이다.

게다가 각성자가 아닌 이상 인간들은 던전 안에서 마수에게 대항할 수 없다.

현대 화기는 확실히 위력적이지만 그것은 던전 바깥 한정이다.

안에선 거의 모든 화기가 먹통이 되거나 오류를 범하는 탓이었다.

그 사실을 모르는 건가? 아니면 알고도 무시한 건가?

"마스터, 인간들은 정말 멍청해요. 이히라면 먼저 마스터에게 고개를 조아리고 던전에 들어오는 걸 허락받았을 텐데! 물론 그 대가로 공물을 내놓고요. 이히는 공물 대신 뽀뽀 한 번이면 충분하겠지만 말이죠~ 이히히."

나와 함께 수정구로 전투의 진행을 바라보던 이히가 말했다.

천하의 이히가 바보로 인정할 정도면 정말 답이 없다는 거다.

은근슬쩍 이히가 다가와 입술을 내미는 걸 손을 들어 제지시켰다.

이히의 양 볼을 오른손 엄지와 검지로 맞잡고 고개조차 돌리지 않은 채 나는 가만히 수정구를 응시했다.

"제기랄. 총구 제대로 겨눠!"

"바, 발포가 제대로 되지 않습니다! 스코프의 초점이 미묘하게 엇나갑니다!"

"수류탄 투척!"

"안전핀 제대로 뽑았냐? 안 터지잖아!"

"으아아악!"

아수라장!

불시에 맞은 습격에 팔천의 병사가 허둥지둥거렸다.

총구를 겨누고 발포하면 총알이 미묘하게 착탄점과 멀어지는 것이다. 눈을 감고 쏘는 수준인지라 아군이 맞는 경우도 허다했다.

수류탄을 던져도 터지지 않거나 폭발의 범위가 축소되었다. 골렘에게 타격을 줘도 금세 수복해 버릴 수준이었다.

금속으로 만들어진 인형들은 어떤가?

인간과 비슷한 크기의 그것들은 전신이 날카로운 칼날이었다.

훑으면 베이고 찌르면 뚫렸다.

사단장은 이를 갈며 말했다.

"움직이는 전차는?"

"없습니다! 엔진이 타버려서 정비하는 데 시간이 걸립니다! 그나마 장갑차 몇 대가 움직이긴 합니다만 역시 정상은 아닙니다!"

"젠장!"

옆에서 보좌하던 사수의 말을 듣고 사단장은 이맛살을 있는 대로 찌푸렸다.

총은 오히려 방해가 되고 있었다. 수류탄도 제대로 터지질 않는다. 이처럼 현대 화기가 무력화되는 것을 그는 처음 보았다.

"착검! 모두 착검하라!"

뒤늦게나마 사단장이 외쳤다.

지휘관의 우렁찬 목소리에 병사들이 겨우 정신을 다잡았다.

그 즉시 허리에 찬 대검을 착검하여 달려드는 꼭두각시 인형에게 겨눴다.

치잉!

하지만 대검의 공격력은 어디까지나 생체에게 유효하다. 각성자가 아닌 한 일반적인 인간의 근력으로 금속으로 이루어진 꼭두각시 인형에게 제대로 된 타격을 할 수는 없다.

스크래치를 조금 내는 정도에서 그친다.

하지만 꼭두각시 인형은 적당히 견제할 만하였다. 골렘도 크기만 컸다 뿐이지 움직임이 매우 느렸다.

진짜 문제는 골렘의 어깨 위에 서 있던 까만 피부의 다크 엘프와 선두에서 불의 말을 탄 채 기다란 창을 휘두르는 이였다.

고작해야 사십 남짓의 숫자.

그러나 도저히 대항할 수가 없었다.

어둠에 동화되어 마치 그림자처럼 이동하는 이들.

그나마 특전사들이 고군분투하긴 하였으나 역시 한계가 있었다.

그들이 배운 것은 인간을 상대하는 방법이지 마수들, 그것도 이처럼 강력한 마수와 대치했을 때를 대비한 훈련은 받은 적이 없는 것이다.

결과는 무척이나 암담하였다.

"모두 후…… 컥!"

후퇴를 내뱉으려던 사단장이 단말마를 내지르며 목이 잘렸다.

크라스라!

그가 인페르노를 타고 단번에 거리를 좁혀 창을 휘두른 것이다.

수천의 병졸을 뚫어버리는 돌파력에 모두가 할 말을 잃었다.

이어 일선에서 지휘를 맡은 장병들이 하나둘 죽어 나가기 시작했다.

다크 엘프들이 순식간에 정황을 파악하고 그들만 노린 덕이었다.

지휘 계통의 혼란!

무전조차 터지지 않으니 앞뒤가 꽉 막힌 상황.

모두의 뇌리에 '절망'이 내려앉은 순간이었다.

안보 회의실.

그 안에서 하얗게 얼굴이 질린 대통령이 의자에 기대 가만히 천장을 올려다보고 있었다.

통신병에 의해 몇 시간 단위로 연락이 오갔지만 그것도 엊그제를 마지막으로 끊겼다.

아무런 연락이 닿지 않은 지 벌써 이틀이 지나갔고 안보회의실 안은 장례식장처럼 착 가라앉았다.

"아직도…… 연락이 없습니까?"

가래 섞인 목소리로 대통령이 말했고 최춘기 중장을 비롯한 모든 이가 입을 꾹 닫았다. 벌써 이틀이나 연락이 닿지 않는다면 결과는 최악이었다.

한참이 지나 최춘기 중장이 입을 열었다.

"수색대를 보냈습니다. 조금만 더 기다리시면……."

"그놈의 조금만, 조금만! 대체 그 조금이란 건 언제 되는 겁니까? 만약 이번 작전이 실패한다면 단순히 옷을 벗는 것으로 끝나진 않을 거란 말입니다."

대통령의 신경질적인 목소리에 최춘기 중장이 다시 입을 닫았다.

그들이라고 모를 리 없었다.

뒤늦은 대처로 1,700명이란 사상자를 내고 투입한 8,000명마저 잃는다면 그 후폭풍은 상상하기도 어렵다.

차라리 파병 형태였다면 모를까 대한민국 내에서 일어난 일이다. 옷을 벗는 것으로 끝난다면 오히려 다행스러운 일이었다.

그때 국방부장관이 조심스럽게 의견을 개진했다.

"각하, 대책을…… 세워야 합니다."

몸을 들어 검지로 책상을 계속해서 두드리던 대통령이 한숨을 푸욱 내쉬었다.

"대국민 사과로도 부족합니다. 제가 하야하는 것 외에 방법이 있겠습니까?"

"아직 결과는 모릅니다, 각하. 훌륭하게 작전을 수행하고 장병들이 돌아올 수도……."

"모르니까 문제란 겁니다. 현 정권에 불만이 많은 사람이 상당하다고 알고 있습니다. 시간이 지날수록 역풍은 거세질 겁니다."

대통령이 표정을 굳히며 이어서 말했다.

"좋습니다. 최대한 덮어봅시다."

그다음 날부터 던전과 군인들에 관련된 뉴스는 극히 제한되었다. 모든 언론과 정보기관, 단체들이 합심하여 고의적으로 정보를 은폐시켰기 때문이다.

물음이 오면 그저 기계적으로 답하며 '곧 좋은 소식이 있을 것이다' 등의 애매한 말만 늘어놓기 바빴다.

포털 사이트조차 무사하진 못했다. 게시판 글들에 대한 검열 등이 이뤄지며 알게 모르게 삭제되는 데이터의 양만 하더라도 엄청났다.

하지만 아무리 감추려 해도 처음부터 금이 가 있는 이상 차곡차곡 차오르는 물줄기를 막을 순 없었다.

애당초 눈 가리고 아웅 식의 일처리가 제대로 먹힐 리 없었다.

그사이 던전에 들어간 장병들이 돌아왔다면 모르지만 돌

아오지 않았고, 마침내 한 달이 지났을 때 국민 여론은 현 정부에 완전히 등을 돌리게 되었다.

그에 가장 결정적인 역할을 한 것은 각성자들이었다.

몇몇 길드가 던전 안을 수색하며 병사들이 사용했던 전차나 장갑차 등을 발견했기 때문이다. 곳곳에 놓인 뼈밖에 남지 않은 시체와 총구들은 아무리 봐도 좋은 상황이 아님을 암시하고 있었다.

그것을 챙겨갈 여유조차 없었다면 이야기는 뻔했다.

이후 며칠이 더 지나자 군복을 입은 좀비가 1층에서 간혹 출현하기 시작했다. 끔찍한 몰골로 던전을 배회하는 그들의 모습은 영락없는 군인이었다.

스프링처럼 참을 대로 참았던 국민들이 거세게 일어났다.

처음에는 평화 시위였지만 모든 게 백일하에 드러나자 마냥 평화적으로 해결할 수 없는 지경에 이르렀다. 그들 모두가 장병들의 부모님이요, 가족이었다.

결국 대통령이 대국민 사과와 함께 하야했고, 정권 교체론이 대두되며 수많은 후보가 차기 대통령 자리에 출마했다.

미국의 언론가 존 프라하는 이 일련의 사건을 보고 이렇게 말했다.

'지휘부의 쓸데없는 자존심과 말도 안 되는 무지가 부른 최악의 결과'라고.

동시에 그는 '던전 공방록'이라 적힌 책을 발간했는데, 대한민국에서 일어난 몬스터 웨이브의 시작과 그 끝을 상세하게 적어놓으며 정부를 맹렬하게 비판하는 내용을 담았다.

그렇게 대한민국의 첫 몬스터 웨이브가 발동하고 2개월이란 시간이 지나갔다.

Chapter 15

신이 떨어진 장소

Dungeon Hunter

나는 무척이나 흡족한 표정으로 6층 용암지대를 바라봤다.

다크 엘프들과 드워프들이 온갖 정성을 쏟아가며 키워낸 성체의 파이록이 날개를 파닥이며 날아다니고 있었다.

크기는 평균치보다 컸고 날개가 박쥐의 것과 비슷하다는 걸 제외하면 용을 축소해 놨다고 생각해도 이상하지 않을 법한 모습이었다.

3차 탈피를 모두 마친 파이록은 네 마리였다. 한 마리만 성체가 되어도 큰 수확이라 생각했건만, 기대 이상의 성과였다.

성체의 파이록은 중급 마수 4Lv에 달한다. 인페르노보다 레벨이 하나 낮지만 거의 20,000포인트급의 효율을 자랑했다.

파이록의 유충 40마리를 사는 데 48,000포인트를 사용했으니 성체 4마리면 30,000포인트 이상이 남는 장사였다.

"수고했다."

성과를 내었을 땐 칭찬을 아끼지 않아야 한다.

줄리엄과 드워프의 족장 스테인이 무릎을 꿇었다.

"당연한 일을 했을 뿐이옵니다, 던전 마스터시여!"

"따로 원하는 게 있나? 적당한 선이라면 들어주지 못할 것도 없다."

그러자 줄리엄이 긴장한 듯 주변을 두리번거리며 말했다.

"……이히 님은 이곳에 계십니까?"

"꿀을 따러 간다더군."

"그럼…… 정원을 바꿔주실 수 있을는지요?"

"정원?"

줄리엄은 목울대를 울리며 간절한 표정을 지었다.

"해괴한 모양의 커다란 구조물이 저희가 있는 층에 만들어졌나이다. 요정님께선 정원이라 하셨는데 이용하자니 차마 형용할 수 없는 모습인지라……."

이히는 줄리엄이 마음에 들어 커다란 정원을 만들어주겠다고 공언한 바가 있었다.

아무래도 그 똥 모양의 구조물을 말하는 것 같았다.

확실히 미적감각이 뛰어난 다크 엘프의 주거지 중심에 그런 구조물이 있다면 형용할 수 없는 기분일 터였다.

나는 가볍게 고개를 끄덕였다.

"허락하마."

"감사합니다!"

"드워프는 원하는 게 없나?"

드워프가 자리한 방향을 쳐다봤다.

그중 족장 스테인이 고개를 들더니 눈을 빛냈다.

"던전 마스터시여, 던전 곳곳에서 몇 가지 특이한 광물을 발견했습니다. 그걸 파내고 정제할 수 있도록 허락해 주시겠습니까?"

"그 역시 허락하마. 하나 만들어낸 것들 중 절반은 따로 선별하여 내게 보내야 할 것이다."

"명심하겠습니다, 던전 마스터시여!"

드워프는 무언가를 만드는 데 혈안이 된 종족이다.

던전에서만 나오는 특이한 광물을 발견했다면 군침이 돌 수밖에 없었다.

그를 위해 만든 것 중 절반은 기꺼이 넘길 수 있는 게 그들이다.

'그러고 보니 드워프를 위한 층을 따로 선별해 주지 않았군.'

나는 가만히 들뜬 얼굴로 해죽거리는 드워프들을 쳐다봤다.

여태껏 시킬 일이 많아 부려먹긴 했지만 슬슬 그들을 위한 층 하나를 배정해 줄 차례가 아닌가 싶었다.

'조만간 4층이 뚫리고 각성자들은 5층에 도달할 것이다. 그곳에서 한 차례 좌절을 맛본 후 6층 용암지대를 거치면 상당한 체력이 소모되겠지.'

곰곰이 턱을 쓸며 생각에 잠겼다.

5층과 6층은 사정없이 각성자들을 괴롭힐 장소다.

그렇다면 7층에서 완급 조절을 해줄 필요가 있었다.

'무기를 고치고 체력을 회복할 수 있는 층. 일종의 세이브 존이 있어도 괜찮을 것 같은데…….'

일반적인 마족이라면 절대로 허용하지 않을 일.

하지만 나는 그들과 전혀 다른 노선을 걷는 존재다.

전생에서 인간들이 즐겨 하던 게임이란 것도 어느 정도는 파악하고 있었다.

그렇기에 그들의 초점에 맞춰서 활용할 줄 알았다.

이런 유연함은 오로지 내게만 존재하는 것이었다.

'대가로 정보와 각성자가 죽인 마수의 시체를 얻어도 괜찮겠지. 일일이 수거하는 건 굉장히 번거로운 일. 크리슬리가 있으니 언데드로 만들면 재활용도 수월해질 터.'

더불어서 언데드 제조 스킬을 보다 빨리 높일 수 있을 것이다.

어차피 마수의 시체는 가만히 놔두면 던전의 마력으로 돌아가거나 다른 마수에게 먹힌다. 그것을 일일이 수거하는 건 굉장히 번거로운 일이다.

그러니 그 역할을 인간 각성자들에게 맡기자는 좋은 아이디어였다.

생각을 정리한 후 말했다.

"드워프들은 들으라."

드워프 무리가 더욱 고개를 조아렸다.

"경청하겠습니다."

"너희들이 머물 장소로 7층을 허락한다. 하지만 너희의 역할은 각성자를 막는 게 아니라 그들은 돕는 것이다."

드워프 족장 스테인이 참담한 어조로 말했다.

"……제 머리가 아둔하여 무슨 말씀이신지 이해가 되지 않습니다, 던전 마스터시여."

"드워프는 7층에서 생활하며 인간 각성자들의 편의를 봐주어라. 지친 그들은 처음에는 의심하겠으나 곧 반색하며 너희에게 갖은 정보를 물어다 줄 것이다. 그것을 파악하라. 또한 그들의 장비를 수리하고 대신 마수의 시체를 얻어라. 이 두 가지는 필히 해야 할 아주 중한 일이다."

인터넷에선 구할 수 없는 조심스러운 이야기들.

내가 미처 알지 못하고 신경 쓸 수 없었던 것들을 듣고 파악하는 게 드워프들이 가장 중시해야 할 일이었다.

단순히 시체만 얻을 생각은 없었다. 난 언제나 그 이상의 효율을 추구한다.

"얻은 시체는 크리슬리에게 가져다주면 된다. 하나, 각성자들에게 들은 정보는 엄선하여 보고서 형식으로 이히에게 제출하면 될 것이다. 그 외에…… 너희가 바라는 걸 각성자에게 얻어도 크게 상관은 않겠다."

"인간들은 의심이 많은 종족입니다. 그들이 먼저 공격해 온다면 어쩌면 되겠습니까?"

"현재 인간들의 수준은 매우 낮다. 그리고 그들이 7층에 도달하기 전에 다수의 드워프를 충원해 주마. 숫자적으로도 밀릴 일은 없을 것이다."

"명을 따르겠습니다!"

수가 많아도 손해가 안 나는 마수가 드워프다. 하나에 5,500포인트지만 포인트만 충분하다면야 100마리라도 늘려 주지 않을 이유가 없었다.

성과 보고와 할 일을 배정한 나는 다시 네 마리의 파이록을 쳐다봤다.

놈들은 용암 위에 떠다니며 내게 시선을 주는 중이었다.

본능적으로 던전 마스터임을 알아보고 자연스럽게 끌리는 것이다.

하지만 아주 얌전한 걸로 보아 누군가의 손길을 탄 게 분명했다.

"파이록을 조련한 이는 누구냐?"

줄리엄이 답했다.

"크리슬리입니다, 던전 마스터시여."

역시나.

아마도 내가 굳이 파이록을 유체부터 키운 이유가 있으리라 짐작하고 미리 손을 썼을 터였다. 크리슬리는 의식을 치른 이후로 결코 내 기대를 배반하지 않았다.

나는 고개를 끄덕였다.

"크리슬리는 앞으로 오라."

이에 다크 엘프들의 중심에 앉아 있던 크리슬리가 사뿐히 두 발자국 앞으로 다가왔다. 이히 외에 공적인 장소에서 내게 이처럼 가까이 올 수 있는 권리는 그녀에게만 허락된 것이었다.

파이록 네 마리가 성체가 된 것도 기쁘지만 크리슬리의 압도적인 성장은 내게 있어서도 무엇보다 흡족한 일이었다.

특히 얼마 전 대량의 인간을 좀비로 만든 일은 충분히 대단한 공이었다. 덕분에 1차 몬스터 웨이브로 비었던 마수의 빈자리를 채우는 게 가능했다.

딱히 바라는 게 없어 놔두긴 했지만 현시점에서 가장 쓸모 있는 이가 누구냐고 묻는다면 단연코 크리슬리가 가장 먼저 입에 오를 것이었다.

나는 그녀의 얼굴을 이모저모 살피다가 입을 열었다.

"크리슬리, 지금부터 파이록을 이용해 던전의 특수한 장소를 찾을 것이다. 불의 마력이 강한 곳을 중점으로 탐색하는 게 가능하겠는가?"

"가능하옵니다."

크리슬리가 자신 있게 답했다.

나는 고개를 주억였다.

"좋다. 파이록을 이끌고 불의 마력이 강한 곳을 찾아라. 들어가기에 앞서 내게 먼저 보고하는 것을 잊지 말도록."

"명심하겠습니다, 나의 던전 마스터시여."

그로부터 3일 후.

크리슬리가 나를 찾아왔다.

"불의 마력이 가장 강한 세 곳의 장소를 찾았습니다."

일주일을 예상하고 있었던 나는 그녀의 빠른 일처리에 살짝 놀랄 수밖에 없었다.

아무리 다크 엘프의 발이 빠르고 네 마리의 파이록을 수색에 이용한대도 3일은 너무나도 이른 시간이었다.

잠 한숨 자지 않고 던전을 돌아다닌 게 틀림없었다.

나는 흡족한 미소 지으며 말했다.

"함께 가자. 가장 불의 마력이 강렬했던 장소부터 나를 안내해다오."

크리슬리도 보조개를 드러내며 웃었다.

"기쁜 마음으로 그리하겠나이다, 나의 던전 마스터시여."

그동안은 별로 신경 쓰지 않았지만 '나의' 던전 마스터라.

의식을 치렀기 때문인가?

어쩐지 귀가 울리는 느낌이었다.

던전 29층.

파이록 네 마리가 한 지점에 멈춰 서더니 갑작스럽게 광분하며 벽에 몸통을 박아댔다.

'뭔가 있긴 있군.'

내 마력은 90에 달한다. 주변에 흐르는 마력의 파장을 어느 정도는 꿰뚫을 수 있었다.

벽에 손을 대고 가만히 정신을 집중하자 유독 한 부분만 두께가 얇다는 걸 알아챘다.

즉시 손에 전력을 모아 그 부분을 내려쳤다.

쿠앙!

우월한 힘과 뇌신공의 위력이 더해지자 던전의 벽도 버텨내질 못했다. 몇 차례나 반복하여 작업한 결과, 곧 벽이 완전히 허물어졌고 벽의 반대편이 모습을 드러냈다.

그 순간이었다.

[훌륭한 업적! 던전 내에 존재하는 네 개의 제단 중 하나, 불의 제단을 찾았습니다.]

[네 개의 제단이 무너지면 던전을 순환하는 마력에 이상이 생깁니다. 또한 던전 외부를 지키는 배리어가 증발할 것입니다.]

[보상으로 파이어 골렘 2기를 획득했습니다.]

벽을 넘어 반대편에 들어서자 거대한 크기의 파이어 골렘두 기가 등신대처럼 제단을 지키고 서 있었다.

'찾았다.'

상급 마수 3Lv에 달하는 강력한 녀석이다. 이 둘은 내게주어진 보상이었고 포인트로 구매하려면 170,000포인트나들어가는 보배를 두 마리나 얻을 수 있었다.

'나중에 시간이 나면 나머지 제단도 찾아봐야겠어.'

나는 던전을 빠르게 잃었다. 하여 제단이 어디에 있는지정확히 알지 못한다. 전생에서 확인한 것도 다른 마족의 던전을 뒤지다가 우연히 발견한 게 전부였다.

"파이어 골렘……."

크리슬리가 잠시 중얼거렸다. 그녀의 뒤를 따르던 파이록도 몸을 바짝 움츠리며 두려워했다. 급이 다른 마수라는 걸 알아차린 것이리라.

"겁먹지 마라. 내 명령 없이 파이어 골렘은 움직이지 않는다."

"알겠습니다. 그런데 이곳은 무슨 장소인지요?"

"불의 제단. 던전 내 마력의 흐름을 조정하는 곳이다."

어쨌든 원했던 것을 얻었으니 파이어 골렘을 움직이는 일만 남았다.

내가 막 움직이려는 찰나 크리슬리가 입을 열었다.

"허공에 글자가 떠 있습니다. 보이십니까?"

"글자가?"

안력을 높여 제단 주변을 살펴봤지만 글자는 어디에도 없었다. 그런 게 있다는 것조차 들어본 적이 없었는데 크리슬리가 이런 거짓말을 할 리는 없으니 확실히 무언가가 있긴 할 것이었다.

"던전과 관련된 내용인 것 같습니다."

"읽어보라."

크리슬리가 차분히 입을 열었다.

"신이 떨어진 장소. 그 자리에 던전에 생겼도다. 나는 지혜의 신 미네르바. 그대와 뜻을 함께할지니……. 지혜를 얻은 자여, 내 마지막 선물을 받으라."

크리슬리의 말이 끝난 순간 나는 표정을 굳혔다.

미네르바!

내가 회귀할 때 결정적인 역할을 한 지구의 신들 중 하나의 이름이다.

나는 그들과 거래를 한 바가 있었고 나를 되돌려 주는 것으로 끝인 줄 알았다.

한데 그 이름이 대관절 여기서 왜 튀어나온단 말인가?

게다가 나에겐 글자가 보이지 않았다.

오로지 크리슬리에게만 보이는 문구.

'크리슬리의 지능이 100인 것과 관련이 있는 모양이군.'

그 외엔 딱히 짐작되는 게 없었다.

그리고 바로 그때, 제단의 위에 균열이 생겨났다.

혼돈과 마력이 아닌 신성력으로 말미암아 생긴 균열.

그곳을 뚫고 한 마리의 거대한 마수가 모습을 드러냈다.

끼룩!

독수리의 머리를 가졌으나 크기는 비교가 안 된다.

감히 파이어 골렘과도 격이 다르다 할 수 있는 마수.

"그, 그리핀!"

크리슬리가 경악했다.

불과 번개를 다루는 최상급의 마수 그리핀……!

비록 최상급 마수 중 가장 밑에 존재한다고 하나, 상급과 최상급의 차이는 하늘과 땅의 차이였다.

'허!'

나는 용감무쌍한 자태로 바닥에 앉은 그리핀을 바라봤다.

파이어 골렘보다는 조금 작지만 존재감만큼은 감히 격이 다르다 할 수 있었다.

심안을 열어 그리핀의 상태를 엿보았다.

이름 : 그리핀

능력치 :

　힘 88

　지능 77

　민첩 69

　체력 84

　마력 85

　잠재력 (403/405)

특이사항 : 지혜의 여신 미네르바가 키우던 애완동물. 하나 그녀
　　　　가 죽은 후 마지막 부탁에 의해 랜달프 브뤼시엘을 새
　　　　주인으로 맞이하였습니다.

스킬 : 불과 번개(Epic)

최상급 마수라서 그런지 능력치 총합이 400을 넘어간다.

칭호와 분노의 모든 옵션을 더한 내 능력치와 비슷한 수준이었다.

하지만 나와 달리 그리핀은 대인 공격에 최적화되어 있었다.

지금 당장 출현한다면 능히 재앙이라 칭해질 마수가 바로

그리핀이었다.

모든 마족을 통틀어 지금 이 순간 최상급 마수를 지닌 자는 없을 것이었다.

그도 그럴 것이 최상급의 마수는 마계 옥션이나 아주 특수한 이벤트로만 얻을 수 있었다.

'혹시 다른 던전도?'

미네르바는 마지막 선물이라 하였다.

아직 세 개의 제단이 더 존재하지만 아마도 더 남은 것은 없을 터였다.

하지만…….

다른 던전은 어떨까?

신이 떨어진 장소.

나는 그 떨어진 신들과 계약하였다.

다른 던전 역시 그런 신들이 잠든 장소이고 모든 던전을 접수하는 게 내 역할인 이상 그들이 던전마다 무언가 선물을 하나씩 남겼어도 전혀 이상하지 않았다.

'계획을 조금 변경해야겠군.'

뜻밖에 수확을 얻었다.

최상급 마수인 그리핀을 얻었으니 굳이 몬스터 웨이브를 일으킬 필요는 없을 것 같았다.

압도적인 힘을 내세워 인간들을 굴종하게 만들면 그만이었다.

몬스터 웨이브를 일으키는 목적은 어디까지나 각성자들의

빠른 성장을 도모하기 위해서다. 그들이 경각심을 가지고 성장할 수 있도록 말이다.

그리핀과 크리슬리를 이용하면 그 역시 가능할 듯싶었다.

상급의 파이어 골렘이었다면 애매한 감이 있어서 몬스터 웨이브를 일으켰을 테지만…….

'신들이여, 이런 선물이라면 내 마다하지 않겠소.'

나는 주먹을 강하게 쥐었다.

본래는 던전의 마수를 보존한 채 각성자들을 키워 마족의 던전을 칠 셈이었다.

지금도 그 생각은 변함이 없다.

하지만 다른 마족에게 없을 커다란 힘을 얻은 지금, 다른 던전에도 이와 비슷한 선물이 있으리라 예상되는 현재, 확인 차 근처의 던전 하나 정도는 털어먹어도 괜찮으리란 생각이 불현듯 들었다.

나는 인근 국가에 위치한 던전들을 떠올리며 그중 가장 취약한 장소를 물색하기 시작했다.

한국에서 가장 가까운 던전은 어디에 있을까?

바로 중국과 일본이다. 특히 중국은 던전이 다섯 개나 있었다.

하지만 이는 중국의 땅이 워낙 넓어서이지 거리상으로는 특별히 가깝다고 할 수 없었다.

족히 수천 ㎞를 가야 하는데 그럴 바엔 차라리 바다 건너 일본으로 진출하는 게 나았다.

'일본의 던전은 대공 우파의 휘하 마족이 있는 곳이지. 이름이…… 아돌이었던가?'

곰곰이 생각해 본다.

내가 처음으로 칠 던전이기에 보다 신중히 선택할 필요가 있었다.

대공 우파의 휘하라면 일단 절반은 합격이다.

가장 큰 세력을 가지고 있지만 우파는 그다지 휘하 마족들을 신경 쓰진 않았다. 오히려 전쟁이 본격화된 극후반에 스스로 휘하 마족을 죽이고 포인트와 던전을 손에 넣어 막대한 잇속을 챙기던 아주 이기적인 녀석이다.

마족이 마족을 죽이면 상대가 가진 던전을 얻을 수 있으며 잔여 포인트마저 흡수하는 게 가능한 탓이다.

뿐만 아니라 그 던전에서 얻는 포인트 수익마저 고스란히 가져올 수 있었다.

5년 후에나 밝혀질 정보지만 대공 우파의 만행을 끔찍이 여긴 대공 아리엘이 정면으로 부숴 버렸다. 물론 그 과정이 치열했음은 두말할 필요가 없다.

만약 나머지 두 대공, 그러니까 판데모니엄과 오쿨루스가 서로 눈치를 보는 상황이 아니었더라면 어부지리를 노린 전략에 둘 다 파멸을 맞이해도 이상하지 않았다.

하여간에…….

지금 상황에서 가장 중요한 것.

그것은 우파가 아돌 백작이 일본에 있다는 사실조차 모를 가능성이 높다는 점이었다.

공작급이라면 모를까 흔하디흔한 백작의 위치를 신경 쓸 정도로 대공 우파는 아량이 넓지 못했다.

'아돌 백작을 죽여야겠군.'

목표가 정해졌다.

'던전을 늘리면 최소 2년간 마계 옥션의 옥석을 전부 챙길 수 있을 터. 본래는 예정에 없었지만 괜찮겠지.'

제단을 통해 얻은 극소수의 상급 마수와 다른 마수들을 더해도 확실한 우위를 점할 수 없었다. 다른 마족은 경매에 참여할 포인트를 모으지 못한 대신 던전을 강화했기 때문이다.

나는 반대로 던전 강화를 뒤로 미룬 채 마계 옥션에 올인했으니……

아돌을 쳐낸다 하여도 손해가 막심했을 것이다.

비록 새로운 던전을 얻는다고는 하나, 상급 마수들과 크라스라, 크리슬리를 잃으면 그것을 복구하는 데 몇 년이 걸릴지 모른다.

하지만 최상급 마수 그리핀이 더해졌으니 이제는 이야기가 다르다.

대인 공격에 특화된 그리핀이라면 아돌의 던전을 공략하는 데 무척이나 큰 힘이 되어줄 게 자명했다.

'놈의 던전은 전생에서 한 번 탐사해 본 적이 있다.'

워낙 거리가 가까운지라 던전을 잃고 가장 먼저 향한 게 일본이었다.

던전의 구성은 모조리 꿰고 있었다.

'확실히 아주 역겨운 놈이었던 걸로 기억나는군.'

대공 우파의 휘하 마족 중에 정상적인 마족은 극히 적었다. 아돌도 마찬가지였다.

오크나 코볼트, 놀 등의 저급한 마수들과 교합하는 것이 놈의 취미였다. 오크에게 이상한 속옷을 입히고 흥분하는 이상성애자. 마수들이 돌연변이를 낳으면 그것을 또 좋다고 키우는 전혀 이해되지 않을 기행을 선보였다.

한데 그것조차 부모의 정 같은 게 아니라 특이한 마수와의 교합을 바라는 아주 욕정 가득한 뒤틀린 마음이었다는 게 문제다.

그 모습을 떠올린 것만으로도 인상이 찌푸려진다.

같은 마족이라 취급하기도 싫은 놈.

그게 아돌 백작이었다.

'던전에는 특히 오크류의 마수가 많을 것이다. 그리핀은 천적이라 봐도 무방해.'

적당히 전생의 기억을 되살렸다.

나머지 제단의 상급 마수들을 얻은 뒤 한동안 모은 포인트로 몇몇 상급 마수를 더 소환하면 충분히 아돌 백작의 던전을 밀어버릴 수 있을 듯했다.

바다를 건너 일본까지 도달하는 게 조금 걸리긴 했지만 생각해 둔 바가 있었다.

'어차피 멀지 않은 미래에 하려 했던 일.'

예정은 변경되었으나 궁극적인 목적만큼은 다르지 않았다.

나는 들뜬 눈빛으로 아돌 백작의 던전을 치기 위한 준비를 시작했다.

Dungeon Hunter

파이어, 아이스, 어스, 윈드 골렘.

그로부터 두 달이 조금 넘는 시간을 더 들여 제단을 찾은 결과, 모든 속성의 상급 골렘을 2기씩 얻을 수 있었다.

게다가 그 시간 동안 25만 포인트를 더 모아 나는 대략 41만 포인트를 보유하게 되었고, 고민 없이 상급 마수 2Lv의 '아일랜드 터틀'을 구매했다.

지상에선 골렘보다 살짝 작은 몸집이지만 물에 들어가면 작은 섬만 하게 커지는 특이한 마수.

크기와 방어력 말곤 별 볼 게 없는지라 11만 포인트면 충분했다.

하지만 능히 마수들을 옮길 수 있을 것이었다.

나는 잔여 30만 포인트를 어디다가 사용할지 고민하다가 리치를 구매하기로 결정하였다.

상급 마수 4Lv에 달하는 리치는 그리핀과 더불어 대량 학살을 할 때 상당히 어울리는 존재였다.

'리치…… 시체를 이용한 스킬은 상당히 파격적이지.'

리치는 시체가 많을수록 힘을 발휘한다.

시체를 폭발시키거나 죽은 이를 잠시나마 움직이게 할 수 있었다. 그 외에도 자잘한 스킬을 많이 구사하는 쓸모 많은 마수였다.

그렇게 나는 모든 구성을 끝냈다.

아돌 백작의 던전을 칠 마수의 목록은 다음과 같았다.

크라스라와 크리슬리.

다크 엘프 40명.

파이록 4마리.

4가지 속성의 상급 골렘을 2기씩, 총 8기.

리치 1구.

그리핀 1마리!

드워프들은 7층에 마을을 만드느라 바쁠 것이니 제외시켰다. 아일랜드 터틀도 이동 수단에 불과할 뿐이니 뺐다. 어차피 둘 다 던전 공략에 크게 도움이 되지도 않을 것이었다.

그리고 던전을 칠 때는 우르르 몰려가는 것보다 이처럼 정예로 구성해 움직이는 게 나았다. 이 정도면 한국이란 나라의 절반쯤은 괴멸시킬 수 있는 전력이었다.

그리핀이 없으면 그 기대치가 확 낮아지긴 하겠지만 마수의 구성을 정한 나는 가볍게 고개를 끄덕였다.

쿵!

가장 먼저 던전을 빠져나온 건 8기의 골렘이다.

족히 10m는 되어 보일 법한 어마어마한 거구.

활활 타오르는 파이어 골렘과 녹지 않는 얼음으로 만들어진 아이스 골렘, 특상의 흙을 뭉쳐 놓은 듯한 어스 골렘, 전신이 돌풍으로 이루어진 윈드 골렘.

그 뒤를 이어 검은색 망토를 뒤집어쓴 리치와 박쥐의 날개를 제외하면 드래곤의 축소판인 파이록 4마리가 모습을 드러냈고, 다크 엘프 40명을 이끄는 크라스라가 인페르노를 탄 채 용감무쌍한 자태를 뽐냈다.

마지막으로 그 위에 거대한 새, 그리핀이 크리슬리를 태운 채 나타나니 던전 근처를 엄중히 지키던 군인들의 턱이 나가 버릴 정도로 벌어졌다.

1차 몬스터 웨이브 때 보인 조잡한 마수와는 차원이 다르다.

건드려서는 안 된다는 본능의 아우성이 모두에게 자리 잡았다.

"……공격합니까?"

보조 사수들의 물음에도 지휘 계통의 군인들은 차마 입을 열지 못했다.

어찌해야 하는가?

공격한다면 당연히 반격이 시작될 것이다.

1차 몬스터 웨이브 때 톡톡히 당한 터라 던전 근처는 삼엄한 방비가 이뤄지고 있었다.

어느 정도의 마수라면 코웃음 치겠지만 저 존재들은 상상을 초월한다.

그 순간 누군가가 돌연히 외쳤다.

"리, 리치입니다. 프랑스에서 수백의 각성자와 수천의 군인을 몰살시켰다는 그 리치 말입니다! 동영상으로 본 적이 있는데 확실합니다."

"뭐? 리치?"

"미친…… 프랑스 '악몽의 날'이라고 불리게 만든 몬스터 웨이브?"

"전술핵을 수도 없이 때려 박아서 잡았다던데……."

군인들이 웅성거리기 시작했다.

적어도 한 존재의 정체가 리치임을 알았으니 모두들 식겁한 것이다.

프랑스에서 일어난 몬스터 웨이브.

거기서 출현한 마수 중 하나가 리치였다.

프랑스의 경우 처음부터 몬스터 웨이브를 대비하고 있었음에도 많은 사상자가 발생했다.

다른 마수들은 어찌어찌 처리할 수 있었으나 가장 큰 골칫거리는 리치였다. 리치는 시체를 이용해 스킬을 구사했고 모든 공격에 면역이었다.

결국 피눈물을 머금으며 전술핵을 수도 없이 때려 박아 억지로 잡았다는 이야기는 더 이상 가십거리조차 되지 못했다.

"……공격합니까?"

"기다려 봐. 생각 중인 거 안 보여?"

쉽사리 결단을 내릴 수가 없었다.

공격하자니 자신이 없고 공격하지 않자니 저 괴랄한 마수들을 도시로 보내게 된다.

1차 몬스터 웨이브 때와는 비교가 안 될 피해가 일어날 것이었다.

그것은 결코 일어나선 안 되는 일이다.

선택지는 처음부터 없었다.

"젠장, 발포 준비!"

"발포 준비!"

전차가 고개를 돌려 던전을 빠져나온 거대 마수들을 조준했다.

"지원 요청해! 우리가 할 일은 시간을 끄는 거다!"

모두의 눈에 결연함이 서렸다.

이곳에 모인 병력이라면 1차 몬스터 웨이브 때 나왔던 마수 정도야 충분히 막겠지만 리치가 포함된 웨이브는 솔직히 자신이 없는 게 사실이었다.

그러나 그저 시간을 끄는 거라면 충분히 해볼 만하다고 판단했다.

지금은 전시체제였고 주한미군이 작전에 동원되었다. 지원 요청을 하고 시간만 끈다면 미군의 지원이 있을 것이다.

쾅! 콰콰쾅!

신호와 함께 모든 화력이 마수들에게 집중되었다.

"가엾은 인간들……."

하지만 총대장 역할을 맡은 크리슬리는 아랑곳하지 않았다.

이런 조잡한 공격 따위는 상급 이상의 마수들에게 거의 타격을 줄 수 없었다.

크리슬리가 그리핀의 등을 가볍게 때렸다. 그러자 그리핀이 고개를 휙! 돌리더니 주변의 모든 것을 빨아들일 기세로 크게 숨을 들이쉬었다.

후우웅!

화아아아아악!

에픽 등급의 스킬, 불과 번개!

감히 마룡의 브레스와 필적할 만한 광역 스킬이 그리핀의 입을 타고 흘러나왔다.

동시에 불과 번개에 닿은 주변 모든 경관이 사라지며 탱크마저 증발해 버렸다.

스킬의 사용이 끝난 이후는 더욱 가관이었다.

쑥대밭, 초토화란 말이 와 닿을 정도의 광경!

"흐아아아……!"

살아남은 군인들은 결국 자리에 주저앉았다.

방금 전까지만 해도 든든하기 그지없었던 아군 병사들이 흔적도 없이 사라진 것이다. 하체만 남은 시체, 깊게 파인 바닥……. 인간은 이길 수 없는 천재지변이란 단어가 절로 떠오르게 만드는 상황이었다.

이것이 최상급 마수 그리핀의 위용이다.

고작 한 차례의 공격이었지만 전의를 상실시키기엔 충분했다.

서울특별시에 비상이 걸렸다.

급히 대피령이 발동되고 수십 대의 전투기가 하늘을 갈랐다.

수많은 전차와 장갑차가 움직였으나 실황은 그다지 좋지 못했다.

몇몇 방송국의 방송용 헬기가 날며 목숨을 건 방송을 진행했지만 기자들은 결국 '종말'이란 단어를 입에 담을 수밖에 없었다.

"마수들이 몰려옵니다. 대한민국의 용감한 군인들이 맞서 보지만…… 마수가 너무 강력합니다."

"이대로 대한민국은 종말을 맞이하는 것일까요?"

"미군의 도움이 언제 도착할지는 알 수 없습니다. 부디 병사들의 선전을 바라고 또 바랍니다."

모든 국민이 하던 일을 멈추고 중계되는 TV 화면을 유심히 바라봤다.

그들이 할 수 있는 일이라곤 가만히 기도하는 것뿐이었다.

하지만 그리핀의 스킬 불과 번개가 닿으면 모든 것이 증발했고 골렘의 압도적인 전투력은 모두가 혀를 내두를 정도였다. 다크 엘프의 기동력은 말할 필요가 없었으며 파이록은 전투기를 상대로 도리어 선전하고 있었다.

유리해 보이는 점이라곤 하나도 없는 상황.

은연중 모두가 마수의 진격을 막을 수 없다고 판단한 그때.

"아! 각성자들입니다. 각성자들이 나타났습니다!"

헬기 안에서 실황을 중계하던 기자가 외쳤다.

급히 카메라가 돌아갔다.

곧 마수들을 향해 달려오는 일련의 무리가 렌즈에 담겼다.

'드디어 막이 올랐군.'

나는 미소 지었다.

나를 중심으로 한, 그 숫자만 수백에 다다르는 각성자 무리가 모습을 드러낸 것이다.

Dungeon Hunter

인간들에게 발각당하지 않는 채로 한국을 가로질러 바다를 넘는 건 무리다.

그것을 가능하게 해주는 마법 아이템이 존재하긴 하지만 지금의 상황에선 가성비가 극악인 데다가 숨어서 돌아다니는 건 마음에 들지 않았다.

모처럼 얻은 S랭크.

그를 이용할 수 있지 않을까에 대한 고민을 하였고 즉시 나는 준비하기 시작했다.

거짓으로 점철된 한 편의 연극을!

예정은 달라졌으나 각성자의 성장을 촉진시키겠다는 이 결과만큼은 비슷해야 하지 않겠는가.

해서, 나는 데빌헌터의 이름을 팔아 각성자를 모집하였다.

그중 적당히 잠재력이 낮고 어느 정도 살이 찐 이들만 대동한 것이다.

'먹이.'

그래, 먹이다.

출정식을 위한…… 대량의 먹이를 '한국을 구하겠다!'는 미명 아래 자처하여 모이게 만들었다.

스스로 범의 아가리에 머리를 들이미는 것임을 깨닫지 못한 채 그저 기세만 등등하다.

인간들에겐 진정한 '용사'의 행동처럼 보일 테지만 이 모두가 내가 만든 판이요, 각본임을 그들은 알까?

당연히 이 자리에 유은혜와 이지혜처럼 쓸모 있는 이들은 없었다. 후에 나를 돕거나 더욱 토실토실하게 살이 찔 먹이들을 지금 소모할 필요는 없으니까.

한마디로 어중이떠중이들!

이곳에 모인 각성자는 모두 잠재력의 한계치에 부딪혀 성장 가능성이 적은 이들뿐이었다.

출정식을 장식할 포인트 덩어리.

동시에 모든 사람이 보는 앞에서 내가 진짜 '최강의 용사'임을 만천하에 공표하기 위한 판이 완성된 것이다.

"한국을 지켜라!"

"우리는 용사! 죽음을 두려워하지 않는 용사다!"

각성자들의 기세는 이미 분기탱천한 상태였다.

1차 몬스터 웨이브 때는 넋 놓고 구경밖에 할 수 없었으나 지금은 다르다. 최강의 각성자와 함께하는 자리였고 한국을 지키겠다는 대의명분이 있었다.

게다가 상태창에 존재하는 용사라는 단어.

그것이 묘하게 분위기를 고조시켰다.

이미 군인들의 시체가 즐비하는 전장이고 보통의 사람이라면 몸부터 떨겠지만 각성자는 던전에서 수많은 죽음을 접해 본 존재다.

콰앙!

리치의 전매특허 스킬 '시체 폭발'이 사방에서 일어났다. 주변의 마력마저 증발시켜 버리는 강력한 스킬에 각성자와 군인 할 것 없이 모두가 쓸려 나갔다.

이어 수백의 망자(亡者)가 일어나 좀비처럼 아군을 물어뜯는다. 신체적 능력은 많이 약화되었으나 방금 전까지 함께했던 동료가 자신을 노린다는 건 엄청난 압박으로 다가왔다.

그나마 지능이 높은 각성자들은 금세 회복하며 하나하나 좀비의 목을 베어갔다. 이어 가더와 근거리 딜러가 길을 뚫고 그 사이로 마법사들의 무지막지한 스킬이 퍼부어졌다.

쿠아아앙!

어스 골렘의 몸통 박치기!

지진이라 표현할 정도의 울림이 땅을 통해 전해진다.

다시 수십의 사망자가 속출했으나 각성자들은 멈추지 않았다.

"돌격!"

그리고 마침내, 나의 차례가 왔다.

나를 따라 100명으로 이루어진 돌격대가 부나방처럼 달려들기 시작했다.

"보이십니까? 분투하는 용사들의 모습이!"

"아직 희망은 죽지 않았습니다. 막힘없이 전진하던 마수들이 주춤거립니다."

모든 언론이 모든 정규 방송을 내리고 서울특별시의 모습을 전한다.

군대는 한발 물러난 채 대기하고 있었으며 각성자들이 나서서 몬스터 웨이브를 막아내는 중이었다.

수천만의 국민이 하던 일을 멈춘 채 시선을 고정시켰다.

실시간으로 중계되는 인터넷 방송에서도 각성자를 응원하는 채팅이 수없이 올라왔다.

집안일을 하던 주부들은 물을 잠글 생각조차 하지 못하고 고개를 돌려 TV를 바라봤으며 직장에서 일을 하던 직장인들은 핸드폰을 통해서, 술집에서 시름을 달래던 이들도 술 대신 침을 삼키며 실황에 집중했다.

"아아……! 너무 끔찍합니다. 리치는 죽음마저 이용하는 아주 악랄한 마수입니다."

"각성자들, 아니, 용사들! 힘내십시오. 모든 국민이 응원합니다."

전황은 여전히 좋다고 할 수 없었다.

하지만 각성자들이 나섬으로써 한쪽으로 지나치게 기울었던 추가 조금씩 넘어오는 거 같은 기분이 들게 하였다.

그러한 희망은 모두의 가슴에 불을 지폈다.

"보십시오! 백 명의 용사가 마수들을 향해 빠르게 진격합니다!"

"가장 선두에서 진두지휘를 하는 이는 데빌헌터 공격대의 공대장이라는군요!"

데빌헌터!

그 이름이 모든 이의 귀에 들어가 각인된 순간이었다.

쿠아앙!

치열한 접전 끝에 어스 골렘 한 기가 쓰러졌다.

"우와아아!"

"골렘 한 기가 쓰러졌다!"

각성자의 유입으로 살아난 불씨가 다시 죽어가던 그때.

벌써 절반 이상의 각성자가 바닥에 누워 붉은 피를 흘리고 있을 그때!

내가 어스 골렘을 쓰러뜨린 것이다.

그 순간 모든 각성자와 이 장면을 바라보던 사람들이 비명을 내질렀다.

'진짜인 줄 아는군.'

그러한 반응에 나는 기분 좋게 미소 지었다.

당연히 이 역시 내가 만든 각본 중 하나다. 어스 골렘은 바닥에 누워 있긴 하였으나 진짜로 힘을 다한 것은 아니었다.

적어도 내 던전의 마수들에게 한해서 나는 절대적인 존재다.

적당히 공격하고 되는 대로 쓰러져 있으라는 명령 정도는 가볍게 내릴 수 있었다. 굳이 말을 할 필요도 없다. 마력을 개방하여 '그리하라'는 내 뜻을 전하기만 하면 된다.

어스 골렘 한 기가 쓰러지자 마수들이 일거에 공격을 멈췄다.

맹공을 퍼붓던 각성자들도 잠시 주춤하여 물러설 수밖에 없었다.

"어, 무슨 일이야?"

"그리핀이 내려온다!"

각성자들 중 마수의 이름을 알아낼 수 있는 관찰 계열 스킬의 소유자가 몇 있었고 그들로 말미암아 그리핀의 이름이 밝혀진 것이다.

그리고 말마따나 하늘에서 모두의 공포가 된 마수, 그리핀이 날개를 활짝 편 채 하강하는 중이었다.

여태껏 본 피해 중 절반 이상이 저 그리핀으로 인해 일어났다.

8기의 골렘보다 저 그리핀이 더욱 무섭다.

그런 존재가 갑자기 지상으로 하강하니 전신에서 소름이 돋을 수밖에 없었다.

하지만 그들의 시선을 사로잡은 건 그리핀보다 그리핀의 등에 타고 있던 한 여인이었다.

눈이 시릴 정도로 아름다운, 하지만 어쩐지 차가운 표정의 여인!

바로 크리슬리였다.

그녀가 내 앞에 사뿐히 다가와 물었다.

"대단한 실력이군. 이름이 무엇이냐?"

평소와는 다른 말투.

듣는 입장에선 어색하기 그지없지만 나름 혼을 담은 연기다.

크리슬리는 내가 내린 명령을 수행하고자 차가운 표정을 짓고 있었다.

반쪽짜리 해골 가면을 착용한 상태였는데 나와 반대로 왼쪽 얼굴을 가렸다.

이처럼 모두가 지켜보는 가운데 그녀가 당당하게 나선 이유는 간단했다.

'마족들은 도리어 의심암귀에 빠지겠지.'

마족은 인간의 문명에 관심이 없다.

그리고 마족에게 있어서 인간은 멸해야 하는 존재다.

자존심마저 강한 데다 무척이나 폐쇄적이다.

인간의 문화 같은 게 눈에 들어올 리 없었다.

설령 이 모습이 방송 등의 매체를 타고 나간다고 하더라도 관심 없는 마족들은 눈길 하나 주지 않으리라.

이름이 나간 것도 아닌지라 더욱 몰라볼 것이었고 나중에서야 희미하게 눈치챌들 확신을 가지기 전까지는 움직이지 않을 터였다.

아니, 움직일 수나 있을까?

이토록 당당하게 활동하면 모든 걸 확인하느라 한참의 시간을 날려 버릴 게 뻔했다.

나만큼 마족의 생리를 알고 있는 이도 없을 테니 확실하다.

그 시간 동안 나는 누구보다 앞서 나가 저들이 확신을 할 때쯤이면 쉽사리 건드릴 수 없을 정도로 몸집을 부풀렸을 것이었다.

오연히 서서 크리슬리와 눈을 마주봤다.

"알 필요 없다."

"후후. 과연 실력만 한 배짱이다. 그러나 나는 실력 있는 자를 사랑하지. 인간들은 그저 내게 밟힐 존재라고 여겼는데 그대와 같은 자가 있다니, 던전의 주인으로서 놀랍기 그지없구나. 너와 같은 존재를 각성자라고 한다지?"

번역 마법과 목소리 증폭 마법이 담긴 도구를 착용한 크리슬리의 발언은 모두의 귀에 똑똑히 틀어박혔다.

그녀의 발언이 끝나자 모두들 기겁할 수밖에 없었다.

던전의 주인이라니!

세계에 동시다발적으로 생겨난 72개의 던전.

여러 방면에서 조사가 이뤄지고 있으나 아직 밝혀진 바가 거의 없는 미스터리한 장소.

그곳의 주인이 직접 몸을 드러낸 건 처음 있는 일이었다.

크리슬리가 고개를 돌렸다.

"인간은 들으라."

잔잔하게 말했으나 위엄이 서려 있었다.

그녀는 지능이 100에 달했고 마력도 무척 높았다.

흔들림이라곤 없는 의젓한 자태에 모두가 집중했다.

"얼마 전 주제도 모르고 내 던전에 기어온 인간들이 있었다. 감히 허락 없이 들어와 그 더러운 발을 내 던전에 밀어넣어 내가 직접 징벌을 가했노라."

저 겉으로 보이는 말투와 성격은 살짝 대공 아리엘을 모방한 감이 없잖아 있었다.

대공 아리엘은 단지 그 시원한 성격만으로 많은 마족이 따랐을 정도였으므로 인간들에게도 제법 효과가 있으리라 내다본 것이다.

그녀의 말을 듣던 사람들은 분개했다.

애당초 1차 몬스터 웨이브가 없었다면 그런 일도 없었을 것이었다.

하나 크리슬리는 아랑곳 않고 말을 이었다.

"하지만 그것만으로는 부족했지. 정말 주제를 모른다면 이번에 새겨줄 참이었다. 이 쥐꼬리만 한 나라를 아예 없애버리는 것도 내겐 어렵지 않은 일이니라. 방금 전까진 실제로 그리하려고 하였으나."

그녀의 말 한마디에는 힘이 있었다.

거기다가 방금 전 보여준 마수들의 압도적인 전투력이라면 충분히 그럴 수 있으리라고 사람들은 판단했다.

지금 끌고 온 마수가 전부가 아니라면…….

상상만으로도 끔찍하다.

"인간들이여. 너희가 각성자라고 부르는 이들은 말하자면 나의 대적자다. 나는 던전을 지배하는 마왕이며 용사는 나를 죽여야만 하는 운명 속에 있는 것이다. 내가 몰고 온 어스 골렘을 내 앞에 있는 용사가 쓰러뜨렸듯이 말이다!"

크리슬리의 눈이 더욱 강렬해졌다.

"나는 고고한 던전의 주인이니라. 강한 자의 도전을 좋아하지. 용사들의 성장력은 실로 범상치 않다. 강자가 생긴다는 건 내게도 무척이나 즐거운 일. 앞으로도 그들은 더욱 강해질 터……. 하지만 약하디약한 평범한 인간들 따위가 내 던전에 발을 들이미는 건 참을 수 없다."

쿵! 쿵!

그르윽! 그르르!

그녀의 기분을 대변해 주듯 모든 마수가 분개하기 시작했다.

사람들은 한발 물러나 전방에서 쏟아지는 살기를 맞으며 주먹을 꽉 쥔 채 긴장하였다.

그러기를 30초.

크리슬리가 천천히 입을 열었다.

"하여, 나는 오로지 용사에게만 던전의 출입을 허한다. 나는 그들이 강해져 언젠가 내 무료함을 달래줄 수 있을 것이라고 굳게 믿고 있노라."

그때였다.

잠자코 지켜보던 각성자 한 명이 버럭 소리를 내질렀다.

"잠깐! 그럼 몬스터 웨이브는 어떻게 된 거냐! 가만히 지켜볼 생각이었다면 마수들을 왜 던전 바깥으로 빠져나오게 한 거냐고!"

크리슬리가 대수롭지 않은 태도로 답했다.

"나는 던전의 주인이지 마수의 주인이 아니다. 모든 마수가 나의 통제 아래에 있는 것은 아니니라. 그러니 이 나라를, 가족을, 친구를 지키고 싶다면 용사들이여! 더욱 노력하여 강해져야 할 것이다. 내 통제를 벗어난 마수들이 조금씩 던전을 빠져나오기 시작할 것인즉."

적당한 떡밥이었다.

7층은 드워프들의 마을로써 인간들에게 접근할 텐데, 던전 내의 모든 마수가 던전 마스터에게 귀속되어 있다는 사실을 알리면 일단 칼부림부터 일어날 터였다.

크리슬리가 묘한 눈빛으로 나를 바라봤다.

"너희의 목숨은 내 눈앞에 있는 이자가 살렸느니라. 용사라고 하나, 던전 안에 잠든 수천 기의 골렘 중 고작 한 기도 쓰러뜨리지도 못할 수준이었다면 기대를 접고 이 나라를 쑥대밭으로 만들었을 것을!"

이 역시 거짓말이다.

인간들이 헛된 마음을 품지 못하도록 만들려는.

상급의 골렘은 여기 나온 8기가 전부다.

진짜로 수천 기나 있었다면 진즉에 지구 전체를 밀어버렸을 것이다.

크리슬리가 잔뜩 힘을 주어 말했다.

"인간들이여. 용사들이여! 내게 도달하라. 그날, 세계의 진실을 알려주마."

이야기가 끝나고 마수들이 이동하기 시작했다.

하지만 던전으로 돌아가진 않았다.

'이왕 나온 김에 다른 던전을 봐야겠다'며 크리슬리가 귀환을 거부한 것이다.

또한, '허튼수작을 벌이면 던전에 잠든 내 휘하의 마수들을 풀어버리겠다'는 강압적인 명령조에 사람들은 이러지도 저러지도 못하고 그 행렬을 가만히 바라만 보아야 했다.

대신 건드리지 않으면 얌전히 지나가 주겠다는 약속 아닌 약속도 한지라 모두가 눈 뜬 장님이 되어 그 행렬을 못 본 척할 수밖에 없었다.

굴종.

암묵적인 패배의 선언이었다.

던전은 사람들에게 밝혀진 바가 거의 없는 미지의 장소다.

그곳에서 튀어나온 마수도 여태껏 경험해 보지 못한 해괴한 생명체였다.

다른 나라, 적국이었다면 끝까지 항쟁했을 것이지만 던전의 존재는 감히 역량을 측정하는 게 불가능한 곳이었다.

던전 자체를 파괴하는 것도 불가능했다.

던전 안으로 들어가면 모든 화기가 무력화된다는 걸 재차 확인도 했다.

어찌해야 한단 말인가?

21세기. 전쟁은 여러 나라의 이해관계가 일치해야만 일어난다.

하지만 던전과 마수는 그런 이해관계조차 성립이 되지 않았다.

인간이 대적 불가능한 압도적인 힘을 보았으니 결국 천재지변처럼 여겨 버렸다.

피해가 크지만 언젠가는 지나가는 그런 천재지변.

그러나 사람들은 희망을 놓지 않았다.

비록 군대가 패하고 서울특별시가 궤멸 직전까지 갔지만 던전의 주인이 직접 언급한 운명의 대적자, 용사라는 마지막 카드가 그들에게 남아 있었기 때문이다.

아일랜드 터틀이 바다 위에 몸을 눕히자 급속도로 팽창하기 시작했다.

쭈글쭈글한 주름살이 펴지고 마음껏 물을 흡수하더니 금

세 본래 몸집의 백 배에 다다르는 작은 섬이 되었다.

이윽고 마수들이 발걸음을 옮겨 하나둘 그 위에 탑승하였다. 그리고 그중에는 나 역시 포함되어 있었다.

한국에서의 일을 마친 뒤 연기처럼 사라져 동해 앞바다에 도달한 것이었다.

나는 크리슬리와 마찬가지로 반쪽 해골 가면을 착용한 상태였는데 크리슬리가 왼쪽 얼굴을 가렸다면 나는 오른쪽 얼굴을 가리고 있었다.

마치 하나의 가면을 절반으로 쪼갠 모습.

더불어 내 주변으로 검은색의 진한 연기가 아지랑이처럼 피어오르는 중이었다.

'쉐이드'라 불리는 안개형 마수를 덮어둔 것에 불과했으나 인간들은 결코 나를 알아볼 수 없을 터였다.

하지만 은근히 보이는 해골 가면의 기괴함이 겹쳐져 묘한 공포감을 조성했다.

"제법이더군."

크리슬리의 바로 옆에서 내가 가볍게 입을 열어 칭찬했다.

예상 이상으로 대본에 맞춰 연기를 잘해주었다. 처음에는 다소 어색했지만 시간이 지날수록 완전히 동화되지 않았던가.

누가 보더라도 진짜 던전 마스터임을 의심하지 않으리라.

크리슬리는 뺨을 살짝 붉혔다.

"맞지 않는 옷을 입은 기분이옵니다."

"익숙해져야 할 것이다."

"명심하겠습니다, 나의 던전 마스터시여."

그녀는 고개조차 돌리지 않은 상태에서 답했다.

인간들의 과학이란 것을 어느 정도 설명해 놓은 터라 최대한 조심하는 모습을 보이는 것이었다.

이래서 크리슬리는 편하다.

하나를 설명하면 열까지 파악하려 드는 열의를 보였고 그럴 만한 두뇌가 있었다.

눈치도 빨라서 길게 말을 하지 않아도 먼저 솔선수범하여 움직이는 모습을 보인다.

파이록을 미리 조련시켜 놓거나 대충 뼈대만 갖춘 대본을 던져 주자 아무런 의문도 보이지 않고 묵묵히 완성시킨 이번 일이 그랬다.

"출발하라."

마침내 모든 마수가 아일랜드 터틀의 등에 오른 후 말했다.

곧 아일랜드 터틀이 등껍질 곳곳에 난 구멍에서 압축된 강렬한 공기가 뿜어져 나오더니 자신의 몸 주변에 강력한 에어실드를 생성시켰다.

아일랜드 터틀이 대규모 이동 수단으로 이용되는 데에는 바로 이 에어실드의 역할이 컸다.

강력한 방어력도 갖춰서 어지간한 충격엔 끄떡도 하지 않는다.

이내 아일랜드 터틀이 바다로 잠수하기 시작했다.

한국에서 일어난 던전 웨이브는 온갖 위성을 통해 전 세계에 생중계되고 있었다.

당연히 마수들이 던전을 벗어나 어딘가로 이동하고 있다는 것도 세계의 수뇌들은 눈치를 챈 상태였다.

마수들이 이동하는 지점을 두고 모두가 긴장하고 있을 무렵.

동해 앞바다에서 거대한 거북이가 잠수를 하는 것을 보고 다들 할 말을 잃어버렸다.

갑자기 거북이 마수의 몸집이 족히 수십 배 이상 불어나더니 마수들을 일거에 태우고 사라져 버린 것이다.

급히 구축함과 잠수함을 내보내 수색을 시도했지만 이미 한발 늦었다.

그리고 거대 거북이가 다시 모습을 드러낸 곳은 일본 '가나가와 현 가마쿠라(鎌倉)시'였다.

흙색 모래가 가득한 사가미만(相模灣)에 도착한 나는 주변을 둘러보았다.

큰 건물은 없지만 작은 주택들이 옹기종기 모여 있는 이곳은 가마쿠라시다.

'여기서부턴 걸어가야겠군.'

마음 같아선 즉시 던전이 있는 도쿄로 진격하고 싶었으나 도쿄만은 물의 깊이가 매우 낮아 이동이 불가능했다.

그나마 가까운 이곳에서 천천히 이동하는 편이 낫다고 판단하여 내린 것이다.

아일랜드 터틀은 나와 마수들을 내려놓고 다시 바닷속으로 잠수했다.

근처에서 마력을 개방하면 알아서 떠오를 터였다.

크리슬리가 고개를 갸웃하며 물었다.

"이곳은 어디인가요?"

"일본이라는 인간들의 나라다."

"……또 한바탕 파란이 벌어지겠군요."

순식간에 상황을 정리한 크리슬리가 조금은 씁쓸한 듯이 웃었다.

"마, 마수다! 도망가!"

"에? 저게 마수? 어디 영화 촬영 같은 게 아니라?"

이미 주변의 인간들이 크게 놀라며 도망가고 있었다.

그러지 않은 인간도 다수 있었지만.

하여간 일본의 자위대가 들이닥치는 것도 시간 문제였다.

나는 차갑게 미소 지었다.

"반나절이면 충분히 도착할 수 있는 거리다. 그 안에 우리를 막아선다면 철저하게 부술 뿐."

사실 반나절도 길게 잡은 것이다. 이곳에서 도쿄까지 몇 시간이면 모든 마수가 도착할 수 있었다.

게다가 한국에서도 그만한 일을 벌였는데 일본이라고 그러지 못할 이유가 없었다.

어차피 나의 관할 아래 놓인 영토가 될 것이라고는 하나,

그렇기에 더욱 파격적인 퍼포먼스를 보여줄 필요가 있었다.

"모두 짓밟아라."

내 말이 끝남과 동시에 여덟 기의 골렘이 너 나 할 것 없이 육중한 발을 움직였다.

무언가의 이벤트인 줄 알고 근처에서 핸드폰을 만지던 이들, 막 사태를 깨달아 도망치기 시작한 사람들, 인근의 수십 저택과 상가가 눈 깜짝할 사이에 쓸려 나갔다.

애당초 저택은 아무리 높아도 6m를 넘는 게 없었고 골렘은 그보다 큰 8m에 달했다.

가볍게 밟거나 부숴 버릴 수준의 건물들밖에 없으니 쓸려 나가는 것도 당연했다.

타앙! 타앙!

인근의 경찰이 제보를 받고 달려왔지만 그들은 크게 도움이 되지 않았다.

조잡한 권총 따위로 당해낼 수 있는 마수는 고작해야 코볼트나 놀 정도가 전부였다.

최하급 마수 중에서도 최하급을 달리는 그들에게나 통할 것일진대 중, 상급 마수에겐 그저 간지러울 따름이다.

주춤거리게 하는 것조차 불가능했고 골렘의 의해 육포처럼 찌그러지는 경찰차만 수십 대에 달하고 있었다.

나는 거대한 골렘을 앞세워, 그 뒤에서 느긋하게 파멸되어 가는 거리를 바라보며 이동했다.

다크 엘프와 파이룩은 기동력을 이용해 방해가 되는 것을 쳐 냈고 리치는 시간이 나는 족족 시체들을 좀비로 만들어 대열에 합류시켰다.

그렇게 불어난 좀비의 숫자만 벌써 300이 넘었다.

'비싼 값을 하는군.'

확실히 비싼 마수는 그만한 값어치를 하는 법이었다.

괜히 28만 포인트나 들어가는 상급 마수 4Lv이 아니라는 듯 리치는 엄청난 전적을 세우고 있었다.

그리핀이 압도적인 파괴 행위를 보였지만 리치는 인간들의 본초적인 공포를 자극했다.

단지 그것만으로도 일이 상당히 수월하게 진행되고 있었다.

그리핀이 지상으로 낮게 날더니 그 위에 선 크리슬리가 내게 말했다.

"나의 던전 마스터시여, 인간들의 병사가 멀지 않은 곳에 있습니다."

상당히 빠르다.

사가미만에 오르고 30분도 지나지 않았을 때였다.

한국과 두 배 이상 차이 나는 대처 속도에 살짝 감탄하곤 입을 열었다.

"멀리 마중하지 않겠다. 그리핀 하나면 충분할 것이다."

"명을 받드옵니다."

짧게 고개 숙인 크리슬리가 그리핀을 가볍게 찼다.

그리핀이 날개를 활짝 펴 다시 하늘을 날았다.

곧 멀지 않은 곳에서 '불과 번개' 스킬이 작열하며 일본 자위대를 녹여 버렸다.

일본의 던전은 도쿄 에도가와 공원을 중심으로 반경 3㎞에 걸쳐 형성되어 있었다.

겉으로 보이는 던전의 크기는 한국에 있는 내 던전에 비할바가 아니었지만 구성은 비슷했다.

겉이 전부가 아니라는 걸 증명하듯 던전의 크기는 안으로들어서면 전혀 달라졌다.

층수는 35층으로 오히려 높았으며 구조도 복잡하기 이를데 없던 것으로 기억한다.

'드디어 도착했군.'

던전 앞에서 나는 작게 혀를 찼다.

방해물을 모조리 처리하느라 제법 시간이 걸리고 말았다.

한국이야 나의 본진이니 적당히 신경 써줬다지만 이곳은적지였다.

대공 우파의 휘하 마족 아돌이 관리하는 던전이 있는 곳이니 선전포고의 의미로 완전하게 뭉개 버렸다.

물론 아돌이야 일본에서 일어나는 일 따위는 전혀 관심이없겠으나…… 그저 의미를 부여하는 형식적인 일이다.

곧 나의 관할 아래에 놓일 것이니 미리 왕의 무서움을 알려줄 필요가 있다고 보았다.

'아돌, 내가 돌아왔다.'

전생에서 본 광경과 지금 내가 보는 광경은 많은 차이가 있었다.

그때의 나는 던전을 잃은 패배자였다.

이에 악에 받쳐 일본의 던전을 내 것으로 만들겠단 생각으로 찾아온 것이었다.

당연히 무리였다.

잘린 팔을 들고 겨우 도망 나왔다.

물약을 구할 길이 없어서 잘린 팔을 다시 잇고자 부단한 애를 썼다.

지금 생각해도 몸이 떨리는 굴욕이다.

하지만 지금 내 시야로 보이는 던전은 무척이나 작고 왜소하기 그지없었다.

과연 지금의 아돌은 나를 막을 수 있을까?

당시의 나는 혼자였지만 현재 내 주변에는 강력한 마수가 많다.

그리핀, 리치, 다크 엘프, 파이록!

무엇보다 한층 더 강해진 내가 있었다.

'부디 나를 실망시키지 말아다오.'

천천히 던전에 입성했다.

아돌의 던전은 내 던전과 달리 점진적으로 마수의 레벨이 높아지거나 하지는 않았다.

마구잡이로 섞어놓고 생태에는 아무런 관심조차 없었다.

가장 먼저 나를 반긴 게 오크 샤먼이었으니 말은 다했다.

일반적인 각성자라면 감히 던전에 들어올 생각조차 하지를 못할 것이었다.

이어서 놀 챔피언, 아크 고블린 따위가 쏟아져 나왔다.

고용을 한 것은 아닐 테고 자연적으로 태어난 돌연변이들 같은데 그 숫자가 상당했다.

자연적으로 태어나는 이런 돌연변이들이 내 던전에선 매우 적은 편이었다.

조금은 부러운 마음도 들었으나 중구난방하게 섞여 있는 무리를 보아하니 생존을 위해 약자가 죽고 강자가 살아남은 경우 같았다.

이러면 머지않아 생태의 균형이 완전하게 무너질 터였다. 그렇게 되면 각성자들도 성장할 기반을 잃게 된다.

악순환.

아돌의 무신경함이 초래한 결과다.

'전생과 비슷하군.'

몇 층까지 마수들이 번식해 있을지는 알 수 없었다.

하지만 이런 식의 구성이 계속해서 반복될 게 뻔했다.

이미 한 차례 겪어본 바가 있기에 확신할 수 있었다.

"여기서부턴 내가 앞장서겠다."

던전의 구성을 모조리 꿰고 있는 이는 나뿐이었다.

이곳 던전은 특히나 미로 같은 길이 많아서 지리를 아는 내가 마수들을 이끌어야 했다.

분노를 꺼낸 나는 무자비하게 검을 놀리며 던전을 빠르게
주파해 갔다.

던전의 최상층.

그곳에서 오크와 한창 교합 중이던 마족 아돌에게 던전 코
어의 요정이 다가왔다.

"던전 마스터, 누군가가 침입했어요."

잠시 행동을 멈춘 아돌의 표정이 엉망진창으로 구겨졌다.

"이 버러지 같은 놈! 내가 행위 중일 땐 말을 걸지 말라고
했을 텐데!"

"그, 그렇지만 굉장한 마력이 느껴져요. 속성별 상급 골렘
여덟 마리에다가 그리핀도…….."

"미친놈! 그리핀은 최상급 마수다! 구할 방법조차 없거늘!"

한마디로 말도 안 되는 이야기 좀 하지 말라는 거다.

던전 코어의 요정이 울상을 지으며 눈물을 흘렸다.

"진짠데……. 다른 마족이 쳐들어왔다구요."

"구요! 이 망할 새끼. 네가 그딴 말을 한 게 이번이 처음이
아니지. 요정 따위가 마족인 내게 장난질을 치려 했던 걸 한
번 용서해 줬더니 이게 진짜 돌아버린 모양이구나."

요정의 이름은 구요.

장난기 많은 요정답게 한 번 일을 저질렀다가 돌이킬 수 없는 강을 건너게 되었다.

아돌은 방금 전 한 말과 다르게 그 일을 결코 용서하지 않았다.

아무리 영체라 해도 요정을 괴롭힐 방법은 많았고 구요는 태어나서 처음으로 죽고 싶다는 생각을 가졌다.

오크 따위와 교접을 하는 마족답게 아돌은 무척이나 변태적이었던 것이다.

평상시에도 이처럼 욕을 얻어먹기 일쑤였다.

하지만 구요의 절박한 표정은 변하질 않았다.

한 번 거짓을 말했다곤 하나, 이번에는 진짜였다.

최상급 마수 그리핀과 상급의 마수들이 가파르게 던전을 오르고 있었다.

처음부터 길을 알고 있다는 듯 헤매는 모습은 일절 없었다.

지금 즉시 방비해도 모자랄 판국에 아돌은 코웃음만 쳤다.

그것을 믿어주질 않고 타박만 하니 몹시 속이 상했다.

"진짜라구요……."

취이이익!

아돌은 아예 신경을 접어버리곤 다시 행위에 열중했다.

구요의 절박한 목소리는 그렇게 묻혀 버렸다.

"형편없군."

나는 던전을 오르다가 마지못해 입을 열었다.

원래 이렇게나 형편없는 곳이었던가?

전생에서 피부로 느낀 아돌의 던전과 지금 내가 오르는 이곳이 같은 곳인지 의문이 들 정도로 쉬웠다.

던전 마스터가 그저 마수만 소환하고 관리를 안 하면 어떻게 되는지 여실하게 보여주는 장면들이 마구잡이로 튀어나오고 있었다.

플로어 마스터야 나도 없으니 납득은 한다지만 마수들의 지휘 체계를 잡아줄 우두머리의 존재도 거의 보이지 않았다.

말 그대로 '방생'했다는 느낌.

고작 이 정도의 던전에 나는 한쪽 팔을 잃었나.

고작 이 정도의 던전에……

뿌득!

이를 갈았다.

1년하고 거의 절반이 지났을 시점이다.

슬슬 본격적인 궤도에 올라도 전혀 이상하지 않을 시기라는 소리다.

하지만 던전의 상태를 보건대 이놈은 자각이 없다.

'다른 마족들은 슬슬 움직이기 시작했을 터.'

아돌.

이 추잡스러운 놈은 던전이란 성이 주어지자 자신의 본분도 망각한 게 틀림없다.

이따위로 던전을 놀릴 생각이라면 차라리 지금 내가 접수해 주는 게 구제요, 구원이다.

가만히 놔두면 앞으로 10년이나 버틸까?

실제로 아돌 역시 각성자들에게 최후를 맞이했다.

그나마 일본은 각성자들의 성장이 많이 더딘 편이었다.

아돌이 제대로 던전과 일본을 관리하지 못한 탓에 이곳은 모든 게 늦어져 버렸다.

하나 내가 이곳에 들어온 이상, 전과 같지는 않을 것이다.

모든 걸 바꾸고 철저하게 따지리라.

"나의 던전 마스터시여, 오크 대전사 다수가 나타났습니다."

그리핀이 낮게 날았다.

그 위에서 크리슬리가 말했다.

'강한 마수가 본능적으로 상층을 차지한 건가? 조금씩 급이 올라가는군.'

던전 마스터가 던전을 관리 안 하면 이런 일도 일어난다.

지정해 준 장소를 벗어나 마음대로 이탈하는 것이다.

강한 마수일수록 위의 층을 차지하고 싶어 했다.

이는 던전 코어 때문인데, 마력의 파장이 가장 안정된 곳이 던전 코어 주변이었다.

해서 높은 층은 주로 강한 마수에게 배정하는 게 관례적인 일이었다.

나는 고개를 끄덕이며 가볍게 말했다.

"몰살하라."

25층.

아직 오크 로드급의 상급 마수는 보이지 않았다.

오크 샤먼과 오크 대전사, 아크 고블린 같은 중급의 마수가 최고 난이도였다.

반면 내게는 상급 마수 아홉에 최상급 마수가 하나 있었다.

나 스스로도 최상급 마수와 비견되는 강자였으니 고작 중급 마수 따위로 막을 수 있을 리 만무했다.

하물며 우리를 발견하곤 삼십육계를 치는 마수도 적지 않았다.

그 모습을 보곤 어이가 없어서 헛웃음을 흘리고 말았다.

던전 마스터의 지배력이 강했다면 그런 광경은 나와선 안 된다.

설령 죽을지언정 침입자를 막는 게 마수의 역할이었다.

'살려둬선 안 되겠군.'

한 번이 어렵지 두 번은 쉽다.

이후 내 던전의 마수가 될 것들이 적이 강하다고 하여 도망부터 친다면 나는 실망을 금치 못할 것이었다.

'포인트는 얼마 안 되지만…….'

상대 던전의 마수를 잡아서 벌어들이는 포인트는 굉장히 미미했다.

고작해야 본래 구입할 때 사용한 이십분의 일 수준?

그래도 아예 없는 것보단 나았다.

"취이익!"

"살, 려!"

열이 넘어가던 오크 대전사들이 졸지에 오합지졸이 되었다.

그리핀이 나설 필요도 없었다.

다크 엘프들 선에서 정리가 되었고 감히 '대전사'란 이름이 아깝게 놈들은 목숨부터 구걸했다.

그러나 나는 이미 살육을 허락했다.

피 맛을 잔뜩 본 다크 엘프들이 목숨을 구걸한다고 살려줄 리가 없었다.

소리 없이 웃었다.

아돌은 여러모로 한심하고 실망스럽지만 내 휘하의 마수들이 상대의 던전을 쓸어버리는 광경이 아주 마음에 들었다.

'그나저나.'

나는 잠시 고개를 갸웃했다.

'아돌, 내가 들어온 걸 아직도 눈치채지 못한 거냐?'

아돌은 모르더라도 던전 코어의 요정이 알아채고 말했을 것이다.

모를 수가 없는데 별다른 방비가 없는 걸 보면 정말 모르는 것도 같았다.

'하는 수 없군.'

어차피 던전 코어에 근접하면 아무리 둔해 빠진 아돌이라도 느낄 수밖에 없을 것이다.

이미 상당히 올라온 상태라 지금 알아채나 조금 있다가 알아채나 모일 병력은 비슷할 터였다.

"크리슬리."

마수를 토벌하던 크리슬리는 그 작은 소리에도 반응했다.

즉시 다가와 그리핀에서 내려왔다.

"무슨 일이신지요, 나의 던전 마스터시여."

"목소리 증폭 마법이 걸린 반지를 다오."

"여기 있습니다, 나의 던전 마스터시여."

새끼손가락에서 반지를 빼낸 뒤 무릎을 굽히더니 양손으로 공손히 내게 넘겼다.

'간지럽군.'

반지를 착용하며 내심 고개를 저었다.

저 '나의 던전 마스터시여'라는 말 자체가 왜인지 모르겠지만 전신을 간지럽게 만들었다.

"모두 귀를 막아라."

주변의 정리가 끝나자 명했다.

곧 다크 엘프들과 크라스라, 크리슬리, 그리고 파이록과 리치, 골렘이 귀를 막는 자세를 취했다.

굳이 안 해도 될 마수가 몇몇 껴 있는 것 같으나 그만큼 내 마력이 주는 지배력이 강하기 때문이리라.

대수롭지 않게 넘어가며 나는 목을 가다듬었다.

그리고 크게 외쳤다.

"아— 돌—!!"

쿠르르르릉!

90에 달하는 모든 마력을 개방하여 외친 탓에 마치 번개가 치듯 던전 자체가 크게 울렸다.

쿠르르르릉!

던전이 흔들린다.

벌써 열이 넘는 오크와의 행위를 이어가던 아돌도 이에 의아함을 느끼고 멈출 수밖에 없었다.

"이 마력은 뭐지?"

"치, 침입자라구요……."

불안한 듯 구요가 몸을 떨며 말했다.

이미 침입자는 25층을 넘어 26층에 다다르고 있었다.

최상층까지 10층도 안 남은 상황.

침입자가 도중 길을 헤맸다면 모르겠지만 거침없이 다가오고 있었다.

이 속도로 보건대 남은 시간은 반나절 안팎.

지금부터 준비해도 상당히 늦다.

"내 던전에? 누가?"

"마족으로 보여요. 마수들을 끌고 왔다구요."

"그럼 그리핀 어쩌고 하던 말도 안 되는 말이 사실이었단 말이냐?"

"그렇다구요……."

아돌의 표정이 순식간에 굳었다.

"이 쓸모없는 새끼! 왜 그걸 이제야 알려주는 거냐!"

"계, 계속 말했다구요……."

괜한 트집 잡기였다.

침입자가 들어왔다는 말만 수백 번은 했을 것이다.

그동안 아돌은 구요를 무시한 채 행위에만 집중했다.

아돌은 여전히 찌푸린 인상으로 입을 열었다.

"침입해 온 마수의 정확한 구성을 불러봐라. 아니, 아니지. 던전 전체를 비추는 수정구가 있었지. 그걸 가져와."

던전 내부의 모든 상황을 살펴볼 수 있는 특수한 수정구.

100,000포인트나 들여서 아돌이 산, 거의 유일하게 쓸모 있는 물건이었다.

던전 마스터라도 이 수정구 없는 던전에 침입해 온 이들의 상세한 정보를 알 수 없었다.

내정 모드로 들어가 봤자 몇 명이 침입했는지 아는 게 전부.

그 외에는 요정의 힘을 빌릴 수밖에 없었는데 아돌은 구요가 자신에게 거짓말을 한다는 걸 알고 즉시 이 수정구를 구매한 것이었다.

구요가 낑낑거리며 커다란 수정구를 운반했다.

곧 아돌이 마력을 주입하여 침입한 상대를 확인하였다.

"……이놈은?"

"누군지 아세요?"

"어쩐지 낯이 익군."

해골 가면을 쓴 여자와 남자.

가장 앞에서 붉은 창을 휘두르는 다크 엘프.

잠시 생각하다가 아돌이 손뼉을 쳤다.

"아아! 그때 그놈인가!"

마계 옥션!

그곳에서 판매된 크라스라와 크리슬리다.

그리고 그 둘을 산 랜달프 브뤼시엘.

유일하게 어느 파벌에도 들지 않았고 자신이 모시는 대공 우파에게 미움을 받은 자.

잊을 리가 없었다.

"우파 님에게 연락할 수단이 없다는 게 아쉽군."

대공 우파는 자신의 던전이 어디에 있는지 측근의 공작들에게만 알려줬다.

당연히 백작 나부랭이인 아돌은 알지 못했다.

다른 마족들도 딱히 사이가 좋은 편은 아닌지라 서로 링크를 열지 않았다.

결국 침입자를 혼자서 처리해야 한다는 말인데…….

"허…… 그런데 진짜 최상급 마수인 그리핀인가? 거기다가 상급 골렘 여덟에 리치 하나라? 용케 저기까지 긁어모았군. 대단해!"

"어떡하시려구요?"

가만히 감탄하고 있을 때가 아니었다.

저 마수들이 최상층에 들이닥치면 당장 던전 코어가 박살날 판국이다.

구요의 불안한 기색에 아돌이 코웃음을 쳤다.

"흥, 상급의 마수라면 나도 꽤 있다. 아무리 최상급의 마수래도 숫자 자체는 우리가 훨씬 우월해. 이기지 못할 리가 없다."

최상급의 마수는 마계에서도 극히 희귀하다.

만날 기회가 거의 없는 편이고 하물며 그리핀은 최상급 마수 중에서도 가장 레벨이 낮다.

상급 마수가 다수 있으면 능히 상대할 수 있으리라고 판단한 아돌이다.

아돌이 수정구를 응시했다.

랜달프 브뤼시엘……

'놈을 잡으면 우파 님도 나를 다르게 바라보시겠지.'

놈으로 인해 다른 대공들에게 비웃음을 당했다.

우파는 결코 그 일을 잊지 않을 것이다.

여기서 자신이 랜달프 브뤼시엘을 잡아 그 목을 헌상하면 단번에 위신이 올라갈 터였다.

"구요, 상급의 마수들을 모두 소집해라. '오니쉬'도 데려와!"

"오, 오니쉬요? 아직 안정화가 안 됐다구요? 일을 일으키면 제어하기 힘들 텐데요."

"내가 직접 나선다. 던전 마스터인 내 마력엔 저항하지 못하겠지."

그제야 구요가 수긍했다.

던전 마스터의 명령은 절대적.

그가 직접 나선다면 '오니쉬'도 제어가 될 것이었다.

아돌이 묘한 웃음소리를 흘렸다.

'비록 최상급 마수는 아니지만 내게도 히든카드가 있다.

랜달프 브뤼시엘! 내 던전을 쳐들어온 걸 후회하게 해주마.'

랜달프 브뤼시엘과 달리 자신은 마계 옥션에서 한 푼의 포인트도 사용하지 않았다.

모은 포인트 대부분을 상급 마수를 사들이는 데 사용했고 돌연변이라는 특수성과 자신의 특수 스킬을 이용하여 '오니쉬'를 만들어내기까지 하였다.

능히 상급 마수 5Lv에 비견될 강자!

1년이 넘는 노력의 결과물이었다.

오니쉬라면 그리핀과 맞서도 전혀 꿀릴 게 없으리라고 생각했다.

'움직이기 시작했군.'

던전 내 마수들의 행동이 달라졌다는 걸 알아챈 나는 한쪽 입꼬리를 말아 올렸다.

드디어 아돌이 던전 마스터로서의 행동에 들어간 것이다.

나는 기꺼워하며 더욱 진격 속도를 올렸다.

아돌과의 재회를 손꼽아 기다리는 중이었다.

이곳까지 오는 도중 수없이 실망했지만 이제라도 달라진 모습을 보여준다면 만족할 수 있었다.

녀석이 꽁꽁 숨겨놓은 전력이 어느 수준일지 상상하는 것만으로도 절로 입가에 미소가 지어졌다.

그리고 30층을 넘어섰을 때, 나는 수많은 마수를 대동한 아돌과 만나게 되었다.

"이게 누구야! 랜달프 브뤼시엘 아닌가?"

마치 백년지기 친구라도 만나는 것처럼 반가워한다.

그 주변에 보이는 상급 마수의 숫자만 열에 달했다.

상급 마수 2Lv의 오크 로드가 여섯, 상급 마수 3Lv의 자이언트 트롤이 둘.

그 뒤로 수천의 오크와 수십의 트롤이 도열해 있었다.

과연 만만찮은 전력이다.

나는 어깨를 으쓱하곤 답했다.

"용케 기억하고 있군."

"혼자 다니는 아주 불쌍한 마족이 머리에서 잊히질 않더군! 그러지 말고 대공 우파 님에게 충성을 맹세하는 건 어떠냐? 내 특별히 언질을 해줄 수도 있다만?"

"필요 없다. 네가 우파에게 연락할 수 있으리라고 생각하지도 않아."

대공 우파의 성격은 뻔하다. 고작 아돌 따위에게 자신의 던전이 어디에 있는지 알려줬을 리가 없었다.

내 말이 적중했는지 아돌의 표정에 금이 갔다.

"흐! 죽고 싶어서 안달이 난 모양이야? 아니면 그리핀이 있어서 자신만만한 거냐?"

그리핀이 있어서 당당히 쳐들어온 건 맞았다.

적어도 대인 공격에 있어선 그리핀만 한 게 없었으니까.

아니라면 아무리 상급 마수가 많아도 저 많은 숫자를 모두 당해낼 수 있지는 못할 것이었다.

"언제까지 떠들 셈이지?"

"걱정 마라! 하지만 전투에 들어가기 전에, 내 아들 '오니쉬'를 소개해 주마."

오크 로드와 자이언트 트롤을 뚫고 기묘하게 생긴 마수 한 마리가 튀어나왔다.

그 모습은 뭐랄까…… 형용할 수가 없었다.

크기는 2m 남짓. 어깨는 자이언트 트롤처럼 넓고 얼굴은 오크보다 흉폭하다. 이마에 난 기다란 뿔과 오른쪽 등에만 난 커다란 가고일의 날개.

저런 마수를 나는 본 적이 없었다.

이에 의문을 가지고 심안을 열었다.

이름 : 아돌 루프

직업 : 마계 백작(던전 마스터)

칭호 :

　*이상성애자(U, 지능+6)

능력치 :

　힘 69

　지능 68(+7)

　민첩 68

　체력 61

　마력 70

　잠재력 (336+7/500)

특이사항 : 없음

스킬 : 생명 조합(U), 육체 조작(U)

[상대 비교]

아돌 루프

힘 69 지 75 민 68 체 61 마 70 잠재력 (336+7/500)

랜달프 브뤼시엘

힘 88 지 66 민 76 체 82 마 90 잠재력 (379+23/500)

이름 : 오니쉬

능력치 :

  힘 85

  지능 51

  민첩 78

  체력 86

  마력 75

  잠재력 (375/391)

특이사항 : 아돌 루프에 의하여 재조합된 생명체입니다. 오크 로
드의 피부와 자이언트 트롤의 힘줄과 심장, 가고일의
날개, 용아병의 뼈, 유니콘의 뿔 등이 주재료로 사용되
었습니다.

스킬 : 순간 재생(Ex U)

[상대 비교]

오니쉬

힘 85 지 51 민 78 체 86 마 75 잠재력 (375/391)

랜달프 브뤼시엘

힘 88 지 66 민 76 체 82 마 90 잠재력 (379+23/500)

'재조합된 생명체?'

한마디로 스킬에 의하여 만들어진 돌연변이란 뜻이다.

능력치만 따지고 보면 확실히 상급 마수 5Lv과 맞먹는다.

만물상점에서는 팔지 않는 레벨인데……. 들어간 재료를
보아하니 납득이 되었다.

'저 한 마리에 최소 70만 포인트는 사용했겠군.'

70만 포인트에 저만한 능력치라니 손해가 따로 없다.

아직 조금 더 성장할 여력이 남기는 했지만 70만 포인트면
마계 옥션에서 훨씬 더 쓸모 있는 비슷한 급의 마수를 둘은
살 수 있었다.

고작 순간 재생 스킬 하나만 달랑 있는 것도 안타깝기 그
지없다.

개인전에는 쓸모가 있을지 모르나 던전의 공방은 대부분
이 대규모 전쟁이었다.

'거기에 상급 마수가 여덟이라.'

오크 로드는 상급 2Lv, 자이언트 트롤은 3Lv로 레벨이 높은
편은 아니었지만 오니쉬를 만들면서 용케 저기까지 모았다.

나는 마계 옥션, 각성자를 위한 투자 등을 하며 사용한 포인트가 많았기에 본래라면 3, 4년 뒤에나 던전을 치기 시작했을 것이었다.

하지만 상급의 골렘 여덟 기와 그리핀을 얻어서 시간이 대폭 단축되었다.

"늠름하지 않나?"

아돌의 표정엔 자심감이 가득했다.

피식!

같잖은 소리.

작게 웃으며 분노를 꺼냈다. 그리고 말했다.

"쓸어버려라."

쿠우웅!

여덟 기의 골렘이 육중한 발을 털어낼 때마다 수십의 오크가 죽어 나갔다.

오크 로드가 거대한 도끼를 들어 막아섰지만 번번이 밀려났다.

골렘과 같이 번식을 못하는 마수는 표기된 레벨보다 조금 더 강한 경우가 많았으니 골렘보다 레벨이 낮은 오크 로드는 도저히 상대가 되지 않는 것이다.

쩌릉!

화아아악!

그리핀의 입에서 불과 번개가 쏟아졌다.

수백의 오크가 증발했다.

"뭣들 하느냐! 골렘을 막아! 그리핀을 떨어뜨리란 말이다!"

아돌이 발을 동동 굴렀다.

전투가 시작된 직후.

이토록 압도적인 전력 차를 보이리라곤 생각하지 못한 것 같다.

'숫자가 전부는 아니지.'

오히려 너무 많은 숫자는 방해가 된다.

하물며 고작 오크 따위로 수천을 채워 넣은들 대규모 몰살에 능한 그리핀에겐 먹이일 따름이었다.

오크 로드?

상급 마수이나 2Lv이다.

리치나 골렘은 그보다 레벨도 높았고 상성도 극에 이렀다.

리치와 골렘은 생명체에게 매우 강한 힘을 보일 수 있었다.

자이언트 트롤이 버틴다 하여도 고작 두 마리.

나머지 '잡몹'들은 그리핀에게 맡기면 충분했으니.

괜히 그리핀을 얻자마자 던전 공략을 계획한 게 아니다.

아돌은 이를 바득바득 갈았다.

"오니쉬! 그리핀을 죽여라! 저 망할 새 새끼가 내 눈앞에서 날지 못하게 해!"

쿠에엑!

침을 질질 흘리며 오니쉬가 움직였다.

내가 막 분노를 들어 오니쉬에게 달려가려는 찰나, 크라스라가 다가와 부복했다.

"던전 마스터시여, 제게 저놈을 상대할 기회를 주시옵소서."

나는 잠시 멈칫하여 물었다.

"크라스라, 저 변종 오크를 말이냐?"

크라스라가 더욱 깊게 고개를 숙였다.

"그렇습니다. 고작 변종 오크 따위, 던전 마스터께서 손을 대실 필요도 없습니다."

확실히 크라스라는 오니쉬와 맞붙어도 백중세를 펼칠 것이다.

능력치상으로는 별반 차이가 없지만 저 오니쉬라는 녀석은 일견 제정신이 아닌 것 같았다.

스킬을 활용해 맞서면 승률은 6할이라 보았다.

"허락한다."

"반드시 승리를 가져오겠습니다!"

척!

창을 들어 크라스라가 달려갔다.

그리핀을 향해 쇄도하던 오니쉬는 크라스라의 출현에 멈칫할 수밖에 없었다.

'자, 이제…….'

오니쉬가 아니라면 내가 맡을 이는 하나뿐이었다.

아돌.

확실히 이곳에서 오니쉬와 싸우는 건 격이 맞지 않다.

장수는 장수끼리, 왕은 왕끼리.

적어도 같은 던전 마스터는 되어야 흥이 나지 않겠나.

내가 움직이자 다크 엘프가 주변을 정리했다.

나는 멈추지 않고 걸어 나가 곧 아돌의 정면에 섰다.

"우리 둘밖에 안 남은 것 같군."

"이, 이이!"

아돌의 얼굴이 새빨개졌다.

그럴 수밖에.

자신만만했겠지만 마수의 상성이나 그리핀의 위력에 대해선 제대로 공부를 안 한 듯싶었다.

역시 어정쩡한 백작 나부랭이라 그런지 공작이나 대공에 비해 한참 부족한 감이 있었다.

땅을 박찼다.

분노를 횡으로 베어가며 놈의 어깻죽지를 찢어발겼다.

"끄윽!"

순식간에 일어난 일.

아돌은 믿기지 않는다는 듯 찢겨 나가 덜렁거리는 자신의 왼쪽 팔을 바라봤다.

능력치 총합이 거의 60이나 차이 난다.

게다가 나는 일종의 '분기점'이라 일컬어지는 400을 넘겼기에 아돌 따위가 열 있어도 나를 당해낼 순 없었다.

분노를 어깨 위에 걸친 채 여유롭게 말했다.

"왜 대공 우파가 마계 옥션에서 나를 그냥 보냈는지 아나?"

"뭐?"

고통에 인상을 구긴 아돌이 그게 무슨 소리냐는 듯 나를
바라보았다.

나는 어깨를 으쓱했다.

"아집이 강하고 은혜는 갚지 않지만 원수는 반드시 갚는
그런 놈이? 고작 정령이 개입하였다고 나를 가만히 보내줄
생각을 했을까?"

"헛소리하지 마라!"

"그의 휘하 공작인 파간 그리울리가 내 앞을 막아섰을 때,
나는 대공 우파에게만 마력을 흘렸다. 그리고 그는 깨달았던
거다. 자신이 아니면 나를 막을 수 없으리라고."

아돌의 표정이 더없이 일그러졌다.

"개소리! 대공 우파 님께서 네 녀석 따위를 안중에나 뒀을
거 같으냐? 내게 고작 상처 하나를 줬다고 기고만장하다만,
어림도 없다!"

저 맹목적인 믿음은 썩 괜찮다.

하지만 나는 아랑곳 않고 말했다.

"지켜보는 세 명의 대공. 파간이 쓰러지면 우파 본인이 직
접 나서야 하는 상황. 아무런 파벌조차 없는 나 따위에게 지
면 말 그대로 대공의 자리를 반납할 수밖에 없지. 그래서 우
파는 내게 한 수 접어주는 길을 택한 것이다. 나를 이길 자신
이 없어서 말이다."

"이……!"

4명의 대공.

그 휘하 마족은 적어도 자신이 모시는 대공에 한해서 무한한 믿음을 가지고 있었다.

하지만 생각해 보니 아주 틀리진 않은 말이었다.

정령들이 개입했다고는 하나 우파는 마지막에 가서 손쉽게 태도를 바꾸었다.

그래서 결국 일이 흐지부지되지 않았던가.

아돌이 열을 내는 건 논리보다 충의가 앞섰기 때문이다.

저런 변태 같은 놈이라도 본심으로 우파를 따르는 마음만큼은 남아 있는 것 같았다.

'거짓은 아니지.'

얇게 미소 지었다.

그 외에도 일을 더 키워서 얻을 이득이 없다고 우파는 판단한 것이리라.

좌우지간 내가 마력을 그에게만 흘린 건 사실이었고 그것이 결정적인 계기로 작동하여 우파를 물러나게 만들었다.

아니었다면 아무리 정령과 드보롱의 도움이 있었다고 해도 내가 그처럼 쉽게 마계 옥션을 빠져나올 수는 없었을 터다.

그리고 그때 나는 대공 우파에게 사실상 '선전포고'를 한 것과 같았다.

하여, 나는 선언했다.

"너는 시작이다. 아래에서부터 차근차근 우파의 수족을 잘라내 주마. 그는 가만히 놔두기엔 너무나 귀찮은 존재거든."

"그 입을 찢어버리리라!"

아돌의 몸이 변형되기 시작했다.

근육이 붙고 몸집이 커진다.

육체 조작(U) 스킬이었다.

하지만 그 모습을 바라보는 내 눈은 한없이 차가웠다.

"같잖군."

나는 분노를 재차 잡았다.

고작 이따위 도발에 걸려들다니.

아돌은 끝끝내 내게 실망만을 안겨주었다.

Dungeon Hunter

[믿기지 않는 업적! 최초로 마족을 사냥하는 데 성공했습니다!]
[2,000,000pt가 지급됩니다.]

아돌의 목을 잘랐을 때였다.

허공에 메시지 창 하나가 떠오르며 2,000,000포인트가 지급되었다.

'허!'

1년 반이 약간 안 되는 시간 동안 내가 벌어들인 포인트가 대략 250만 정도였다.

그런데 아돌 하나를 죽였다고 200만 포인트를 단번에 손에 넣은 것이다.

그만큼 최초 업적의 의미가 큰 것이겠지만……. 하기야,

본격적으로 마족들이 부딪히는 시기를 생각하면 납득이 되긴 하였다.

게다가 이 최초 업적은 인간 각성자가 먼저 얻었을 가능성이 컸다.

마족들이 서로의 역량을 재며 견제하고 있을 때 그 틈바구니 속에서 각성자는 꾸준히 성장해 갔다.

결국 내 던전을 시작으로 각성자에 의해 밀리는 곳이 하나둘 생겨났다.

그중 죽은 마족이 있어도 이상할 건 없었다.

키긱. 키에엑!

소리가 들리는 쪽으로 고개를 돌렸다.

던전 마스터가 죽자 오니쉬가 발광하기 시작한 것이다.

그저 아돌이 남긴 마지막 명령을 수행하고자 본능적으로 움직였다.

하지만 몸을 돌보지 않고 재생력만 믿은 채 돌격하는 것은 자살행위다.

얼마 안 가 크라스라가 붉은 창을 놀려 오니쉬의 머리를 두분했다.

수천의 오크도 그리핀에 의해 정리가 되었으며 오크 로드나 자이언트 트롤도 골렘을 당해낼 수는 없었다.

물론 피해가 아예 없진 않았다.

다크 엘프 아홉이 죽고 골렘 세 기를 잃었다.

"나쁘지 않군."

나는 고개를 주억였다.

생각한 것보다 피해가 적다.

업적으로 얻은 보상도 쏠쏠하다.

기대 이상의 괜찮은 결과였다.

던전의 최상층.

내가 던전 코어 앞에 서자 겁에 질린 요정이 몸을 부르르 떨었다.

"이름이 무엇이냐?"

"구, 구요."

구요라?

말끝마다 '구요'를 붙여서 구요인 것 같았다.

요정의 이름은 대개가 그런 식이었으니까.

나는 자신 있게 말했다.

"구요, 내게 종속되어라. 네 주인이었던 아돌은 아주 형편 없는 놈이었다. 놈이 마왕이 될 가능성은 한없이 0에 수렴했지. 하지만 네가 보았듯이 나는, 다르다."

말이 끝난 즉시 구요의 표정이 굳었다.

이후 구요는 한참의 시간 동안 고민을 하기 시작했다.

꿀꺽!

구요가 굵은 침을 삼켰다.

요정은 본래 자신이 돕는 마족을 마왕으로 만들고 요정왕이 되기 위해서 던전 코어에 속박되는 걸 받아들인 존재.

마족이 죽었을 때 요정이 할 수 있는 선택지는 고작 두 가지뿐이었다.

우선 요정은 죽음이란 개념이 없다.

하지만 던전 코어에는 그들이 여태껏 모아둔 '요정력'이란 게 있었다.

던전 코어를 상실하면 요정력이 날아가 식물인간 비슷한 상태가 되어 밑바닥부터 다시 쌓아올려야 한다.

그 세월은 억겁이라 칭할 수준이다.

그러니 첫째, 어찌 됐든 코어를 잃고 요정계로 돌아가 새롭게 시작한다.

둘째, 새로운 주인을 받아들인다.

그러나 처음부터 아예 계약을 다르게 맺어야 한다는 족쇄가 생긴다.

이 족쇄는 그들을 진정한 '소멸'로 몰아넣을 수 있는 아주 강력한 것이었다.

이중 계약이 되어 돌아오는 페널티가 훨씬 커지는 탓이다.

소멸하면 다음 기회는 없다.

처음부터 시작할 수도 없고 말 그대로 영원한 종말을 뜻했다.

그것은 죽음과는 완전히 다른 개념. 요정이 느낄 수 있는 극한의 공포다. 해서…… 요정은 신중히 택할 수밖에 없다.

새로운 주인을 맞이한다면 그가 반드시 마왕이 될 만한 재목이어야만 했다.

마왕이 되지 못한 채 마족이 죽으면 세 번째는 없었다.

처음 요정력을 계약의 매개체로 삼았고 그다음으로 영혼까지 걸었는데 세 번째 기회가 있을 리 만무한 것이다.

구요는 남자를 올려다봤다.

동시에 이번 전투를 상기시켰다.

숫자의 압도적인 차이를 간단하게 뒤엎고 오니쉬와 던전 마스터마저 쓰러뜨렸다.

벌써부터 최상급 마수 그리핀을 소유했으며 왠지 모르겠지만 모든 걸 꿰뚫어 보는 듯한 두 눈엔 현기가 느껴졌다.

적어도 아돌에게서는 전혀 느낄 수 없었던 감각이다.

아돌은 침입자를 발견한 후 굉장히 분개하였다.

대공 우파의 이름을 언급하고 아주 적대적인 자세를 취했다.

사대파벌 중 하나를 적으로 돌린 자.

남자는 매우 자신이 있어 보인다.

말을 하는 데 주저함이 없고 끌어당기는 힘이 있었다.

이자라면…… 진짜 마왕이 될 수도 있을 것 같았다.

구요는 선택의 시간이 다가왔음을 느끼며 천천히 입을 열었다.

나는 가만히 기다리고 또 기다렸다.

이 선택의 중요성을 알기에 닦달할 생각은 없었다.

수십 분가량의 시간이 지나 겨우 생각을 정리한 구요가 입을 열었다.

"구요를 구박하지 않을 건가요?"

"네가 자신의 본분을 망각하지 않고 충실히 행한다면."

"그, 그럼…… 다른 요정을 만나게 해주세요. 그다음 결정할게요."

이미 마음속으로 결정을 내린 것 같지만 구요는 신중했다.

"어렵지 않지."

그러나 다행히 요구 자체는 간단했다.

수긍하며 나는 속으로 이히의 이미지를 강렬하게 떠올렸다.

요정의 축복으로 연결되어 있어서 마음만 먹는다면 대화를 나누는 게 가능하다.

'이히.'

—누구세요?

빠르게 응답이 왔다.

제대로 연결이 되었음을 확인하고 이어서 말했다.

'내가 있는 곳으로 현현할 수 있나?'

—아, 마스터시구나. 이히는 정신분열에 걸린 줄 알았어요. 갑자기 내면에서 말소리가 들려서요. 그런 게 아니라서 정말 다행이에요. 어쩔 수 없잖아요? 마스터가 먼저 속마음을 비춰주신 건 처음인걸요. 이런 일은 처음이라 이히답지 않게 많이 당황하고 말았네요. 그런데 거기 일본에 있는 던전 아니에요? 던전 안이라면 이히로선 유감스러운 일이지만

결계가 있어서 안 될 거예요. 아, 맞다. 결과는 어떻게 됐어요? 이히는 그게 너무 궁금해서 꿀벌들을 잔뜩 괴롭히고 있었어요. 물론 마스터가 이길 것이라고 믿어 의심치…….

연결을 끊었다.

고개를 끄덕이곤 다시 구요에게 말했다.

"결계를 풀어달라는군."

"아……! 추, 축복을 받은 거군요! 그리고 보니 입술에서 요정의 향이 나구요! 세상에!"

구요의 눈이 화등잔만 하게 커졌다.

흥분한 듯 날개를 퍼덕이며 구요가 나를 바라봤다.

"그, 그럼 괜찮아요. 계약할게요. 당신은 우리 요정의 친구예요. 믿을 수 있구요."

태도가 백팔십도 변했다.

요정의 축복이란 게 그들에게 있어선 그만큼 중요한 것인 듯하였다.

나로선 일이 간단히 풀린다면 더할 나위 없었다.

이내 구요가 하늘을 날아다니기 시작했다.

요정의 날개에서 떨어진 가루가 허공에 글자를 새겼고 장문의 글이 완성되자 구요가 물었다.

"그대의 이름은 무엇이죠?"

"랜달프 브뤼시엘."

내가 입을 열자 글자에서 강렬한 빛이 쏟아졌다.

구요는 무척이나 진지한 표정으로 입을 열었다.

"랜달프 브뤼시엘은 요정 구요의 새로운 마스터가 되는 데 동의하시나요?"

"그렇다."

"던전의 주인으로서 마왕이 되는 데 최선을 다할 거구요?"

"당연하다."

"계약이 완료되었습니다. 마왕이 되는 길에 요정의 축복이 있기를!"

끝인가?

던전을 잃어는 봤지만 얻은 것은 처음이었다.

계약이라는 게 생각보다 훨씬 간단하다.

이에 살짝 어리둥절하고 있을 때였다.

파아아악!

던전 코어에서 막대한 마력의 파동이 일어났다.

그리고……

[유일무이한 업적! 최초로 던전을 점령하는 데 성공하였습니다.]

[칭호 '최초로 던전을 점령한 자'가 주어집니다.]

[칭호 '최초로 던전을 점령한 자'가 '던전 사냥꾼'으로 변화됩니다.]

[축하합니다! '던전 사냥꾼'은 마족을 사냥하고 던전을 점령하는 두 가지 최초 업적을 동시에 달성했을 때에만 얻을 수 있는 특수한 칭호입니다.]

[더욱 많은 마족을 사냥하세요. 더욱 많은 던전을 점령하세요! 불

가해의 영역에 도전하십시오. 그 끝에 무엇이 있을지는 신조차 알
수 없습니다.]

    칭호가 상쇄되며 변했다.

    이런 적은 처음이라 고개를 갸웃하곤 상태창을 띄웠다.

이름 : 랜달프 브뤼시엘

직업 : 마계 백작 (던전 마스터)

칭호 :

  *던전 사냥꾼 (던전 점령, 마족 사냥 시 잔여 능력치+1)

  *불굴의 전사(Ex U, 모든 능력치+2)

  *최초로 요정의 축복을 받은 자(U, 마력+6)

능력치 :

  힘 79(+9)

  지능 64(+2)

  민첩 74(+2)

  체력 80(+2)

  마력 82(+8)

  잠재력 (379+23/500)

잔여 능력치 : 3

전력량 : 64MW

특이사항 : 나락군주의 심장을 이식했습니다(온전한 힘을 개방하지 못

    한 상태입니다.). 뇌신공의 변화가 진행 중입니다. 결과를

예측할 수 없습니다.

스킬 : 스킬 조합(R), 심안(Ex U), 뇌신공(???), 분노(Epic)

'등급이…… 없다.'

이런 칭호가 있었던가?

등급이 표시되지 않은 것 자체도 놀랍지만 칭호에 달린 설명대로라면 나는 앞으로 '140'에 달하는 잔여 능력치를 얻을 기회가 있다는 뜻이었다.

던전 70개, 마족 70명!

사실상 나 혼자 모두를 처리하는 건 불가능하겠지만 기대치가 높다.

잔여 능력치란 한계를 돌파할 수 있는 보배.

만약 내가 500의 잠재력 한계치를 모두 채워도 잔여 능력치가 있다면 그마저 돌파할 수 있다.

하나의 순수 능력치가 90이 넘어가는 순간 고작 1의 차이가 피부로 실감될 만큼 뚜렷해진다.

100을 넘어서면 그 차이는 상상조차 되지 않는다.

나는 그 100을 넘어 110, 120까지 도달하는 것도 가능하다는 것이다.

어쩌면 그 이상도.

'미쳤군.'

그야말로 미친 칭호다.

그리고 내게 딱 들어맞는 칭호였다.

나는 홀로 걷는 자.

모든 마족과 던전을 먹이 삼아 정점에 서자고 다짐하지 않았나.

사냥할수록 강해진다니, 한 번에 능력치를 올려주는 여타 다른 칭호보다 훨씬 나았다.

그에 맞춰 상태창에 잔여 능력치란 문구도 생겼다.

예전 마계 옥션에서 이스터 에그를 발견하고 얻은 잔여 능력치 1.

그리고 이번에 얻은 2가 더해져 총 3의 잔여 능력치가 그곳에 적혀 있었다.

"하하!"

크게 한 방 맞은 기분이다.

솔직히 힘이 없고 전생의 기억이 없었다면 이 칭호는 쓸모가 없다.

또한 마족을 사냥하고 던전을 점령할수록 적들의 견제 또한 심해질 것이었다.

양날의 검과 같지만 지금의 내게 던전 사냥꾼이란 칭호는 감히 레전드 등급을 줘도 아깝지 않은 보물이었다.

'아직 끝나지 않았지.'

오랜만에 미소가 입가에서 떠나질 않았다.

아돌을 죽였고 던전을 얻었다.

이제 던전 안에서 얻을 부가적인 것들을 찾아볼 차례였다.

"구요, 아돌이 가지고 있었던 포인트는 총 얼마였지?"

슬쩍 내 눈치를 보던 구요가 말했다.

"사, 사천 오백…… 포인트요."

"……."

순식간에 미소가 지워졌다.

최초 마족 사냥으로 얻은 200만 포인트가 있어서 그나마 다행이었다.

아돌 이 멍청한 놈은 오니쉬를 만드느라 포인트를 버는 족 족 써버린 게 분명했다.

나는 이 중 50만 포인트 정도를 일본의 던전에 재투자하기로 마음먹었다.

그러기 위해선 먼저 해야 할 일이 있었다.

나는 내정 모드로 들어가 던전의 현황을 확인했다.

마수가 전체적으로 섞여 있어서 이걸 나누는 데에만 상당한 시간이 걸릴 것 같았다.

하여간 마수의 총합을 따져 보니 번식 상황이 아주 나쁜 편은 아니었다.

고블린 4만 마리, 코볼트 1만 마리, 놀 1만 마리, 오크 사천 마리…….

"아크 고블린은 어찌 된 것이냐? 유독 숫자가 많은데. 아돌이 소환한 건가?"

아크 고블린은 중급 2Lv의 마수였다.

일반적인 고블린과 덩치는 비슷하지만 근력과 민첩이 훨

씬 높다.

'작은 포식자'라고도 불릴 만큼 가리지 않고 주변의 모든 생명체를 잡아먹는 폭군이었다.

아크 고블린의 숫자는 48.

거의 오십에 달하는 수치다.

그러고 보니 이곳 최상층에 오르면서 아크 고블린을 간간히 본 것 같았다.

아돌은 오크류의 마수를 좋아했는데 고블린의 숫자가 이처럼 압도적인 것도 의외였다.

내가 묻자 구요가 고개를 저었다.

"아니에요. 아크 고블린은 자연발생했다구요."

"돌연변이로 나오는 것도 한계가 있을 터. 그런 것치곤 너무 많다."

"그건 저도 잘 몰라요……."

구요가 시무룩해졌다.

나는 곰곰이 생각하다가 불현듯 한 가지를 떠올렸다.

'던전의 특이성인가?'

던전마다 마력의 파장이 다르다.

그에 따라 적응을 잘하는 마수가 있었고 그렇지 못한 마수가 있었다.

아주 후반에 그 특이성이 밝혀지지만 이를 제대로 활용한 마족은 무척 적었다.

나조차도 고블린이 이상 증식한 걸 못 보았더라면 떠올리지 못했을 것이었다.

'던전의 마력 파장이 고블린의 파력 파장과 잘 맞는 것일 수도 있다. 기후나 환경에 따라 번식할 수 있는 동식물이 다르듯이.'

실험해 볼 가치는 충분히 있었다.

"구요, 고블린류의 마수를 제외한 다른 마수는 모두 한곳에 몰아라."

던전 마스터의 명령하에 코어의 요정은 마수들을 지휘 감독하는 게 가능했다.

아주 지능이 낮은 경우라면 이동을 시키는 게 힘들지만 오크나 트롤은 적어도 회화가 통할 수준은 됐다.

물론 지능이 아주 낮다 하여 방법이 없진 않았다.

코볼트나 고블린을 지휘할 우두머리 마수를 소환하여 통제하면 간단하다.

시간이 조금 걸리겠지만 분리 작업은 반드시 필요했다.

"알았어요. 저에게 주어진 첫 번째 일이니까 열심히 해볼게요."

구요는 살짝 자신 없어 하는 표정으로 털레털레 날개를 파닥였다.

그동안 아돌에게 당한 상처가 너무나도 큰 모양이었다.

'자신의 이름을 직접 말하진 않는군.'

이히와는 조금 다른 점이었다. 자존감의 차이일까?

요정의 생리는 아는 바가 없어서 그냥 개성인가 하였다.

관심을 접고 턱을 쓸었다.

'고블린이 생존을 위해서 아크 고블린이라는 특이체를 낳았을지도 모르지. 여러 가지로 실험을 해봐야겠어.'

나는 회귀했지만 모든 걸 알지는 못한다.

특히 던전과 관련해선 무지하기 그지없다.

하나 이런 도전은 내 마음을 들뜨게 만들었다.

던전의 생태에 직접 관여해 내가 원하는 방향으로 개선시킨다.

마치 신이라도 된 기분이지 않은가.

아마 이런 감각 때문에 마족은 더욱 인간들의 세상에 관심을 끊어버렸을 터였다.

어쨌거나 실험에 성공한다면 이후 한국의 던전에 적용시켜도 괜찮을 것이었다.

던전과 맞는 파장의 마수를 대거 번식시킬 수 있다면 효율적인 측면에서 이보다 좋은 게 없었다.

이후 나는 파이록을 이용해 크리슬리에게 제단을 찾도록 명하고 일주일간 일본 던전의 내정에 집중하였다.

내정에서 가장 먼저 행한 건 마수를 층별로 분리하는 것이었다.

그 결과 1층은 고블린, 2층은 코볼트, 3층은 놀, 4층은 오크, 5층은 트롤이 차지하게 되었다.

이처럼 분리시킨 이유는 종류별로 천적이 사라졌을 때의

변화를 알아보기 위함이었다.

'고블린의 특이 번식. 천적이 사라졌을 때의 변화.'

그중 가장 관심이 있는 건 당연히 고블린이었다.

아크 고블린이 다수 태어난 게 천적에게서 자신을 보호하기 위함인지, 아니면 던전의 마력 파장이 영향을 준 것인지가 궁금했다.

일단 눈에 띄는 변화는 번식률이다.

천적이 사라지자 번식률이 낮아졌다.

고작 일주일간 지켜본 것에 불과하나 내정 모드에선 그전에 낳고 죽은 숫자를 확인할 수 있었고, 계산해 보니 무려 30%가량이 줄어든 것이다.

이 정도면 어느 정도 신빙성이 있었다.

또한, 고블린은 난산하는 경우가 무척이나 많았다.

한 번에 여덟 마리가량의 새끼를 친다 해도 그중 여섯 마리가 6개월을 채우기 전에 죽는다.

천적이 있으나 없으나 한국의 던전에선 비슷한 비율을 보였다.

나는 그것을 보며 이게 바로 자연선택인가 싶었다.

일정한 비율을 유지하려는 보이지 않는 선택이 존재한다고 은연중 생각한 것이었다.

하지만 그것은 6개월 뒤에나 확인할 수 있는 사항이고 내가 확인한 건 난산으로 죽는 태아의 비율이었다.

'생존율이 무척 높군.'

일주일간 잉태된 고블린은 모두 537체.

그중 519체가 무사히 세상으로 나왔다.

고작 18체만 지독한 난산으로 죽었을 따름이었다.

내 던전에 한해선 있을 수 없는 일이었다.

한국의 던전에서 고블린이 난산으로 죽는 비율은 거의 20%에 달했다.

만약 이곳이 한국의 던전이었다면 537체 중 100체는 세상에 나오기도 전에 죽어 나갔을 터였다.

정확한 수치를 내기엔 짧은 시간이라고 하나 역시 차이가 너무 크다.

'확실히 뭔가가 있다.'

이런 감은 틀린 적이 없다.

만약 일본의 던전이 고블린에게 최적화되어 있다면 한국의 던전 역시 무언가 최적화된 마수가 존재할 것이다.

'던전의 마력 파장은 예컨대 기후나 환경과 비슷하다. 마수가 던전에서 살아갈 수 있도록 하는 원천. 특이체의 발생과도 무관하지 않으리라. 일본이 고블린이라면…… 어떤 번식종이 한국의 던전과 맞는지도 알아봐야겠군.'

지금까지 배치한 마수들은 예외다.

모두 던전에 최적화된 모습을 보여주진 못했다.

다른 번식종을 더 배치해 보면서 일일이 확인을 할 수밖에 없을 듯했다.

'물론 파장이 맞는다 하여 그 마수로만 던전을 채우는 건 미련한 짓이지. 일본의 던전을 고블린으로만 채운다면 약점이 명백해지듯이…… 찾는다고 하더라도 적당히 비율을 조정할 필요는 있다. 어디까지나 참고 사항에 불과해.'

미리 선을 그었다.

아직 찾지는 못했지만 찾더라도 생각에 생각을 거듭하리라고.

이런 식의 고민은 나라는 존재를 더욱 깊게 만들어준다.

하여간 파장과 관련하여 번식종을 찾는 건 던전의 발전에도 도움이 되는 일이었다.

아직은 가설이지만 가설이 맞을 경우 많은 포인트를 낭비하지 않아도 높은 급의 마수를 자연 발생으로 얻을 수 있다는 뜻이니까.

"나의 던전 마스터시여, 불의 제단으로 짐작되는 장소를 찾았나이다."

크리슬리가 그리핀과 파이록들을 이끌고 찾아왔다.

나는 잠시 그 모습을 바라봤다.

평소에도 그리핀과 함께 다니는 걸 보면 크리슬리는 조련 쪽에도 일가견이 있는 것 같았다.

어쨌거나 적절한 타이밍에 찾아왔다.

내정 모드에서 확인할 건 얼추 끝났다.

남은 거라곤 시간이 걸리는 것들뿐이었다.

나는 고개를 끄덕이며 말했다

"안내해다오."

모든 던전에는 네 개 속성으로 이루어진 제단이 존재한다.

이 제단은 던전 내부에 흐르는 마력에 관여하고 던전 외벽의 강력한 배리어를 유지하는 매개체이다.

만약 네 개의 제단이 모두 무너지면 던전 외벽의 배리어가 사라지며 인간들의 화기에 그대로 노출될 것이다.

그를 막고자 각 제단에는 2마리의 상급 골렘이 지키고 있었다.

던전 마스터 외의 누군가가 다가오면 자동으로 공격하게 설정되었다.

반대로 던전 마스터가 발견할 시 그 마수를 입맛에 맞게 움직일 수 있었다.

하지만 그 두 마리의 상급 마수보다 나는 신들이 남긴 메시지가 궁금했다.

지능이 100에 달했을 때 보이는 허공의 문구.

왜 하필 지능인가 고민해 보았는데 확실히 전생에서 지능 100에 도달한 마족이 있다는 소리는 들어본 적이 없었다.

다른 능력치 100을 넘긴 마족은 꽤 있었지만 지능만큼은 아니었던 것이다.

그렇다면 신들은 내가 전생의 기억을 되살려 언젠가 지능 100에 도달하리라고 생각하고 발동 조건을 그렇게 정한 게 아닌가 하는 가설을 세웠다.

물론 내가 근처에 없을 경우 이 문구는 나타나지 않는다.

크리슬리를 통해 확인해 본 사항이었다.

'너무 쉽게 얻으면 쉽게 잃는다고 생각한 건가?'

'선물'이라 칭했다.

발동 조건 없이 그냥 주었어도 괜찮았을 터였다.

하지만 쉽게 얻는 것은 쉽게 사용하게 마련. 그것을 염두에 둔 제한이 아니었을까?

그리핀을 선물이라고 주었을 정도다.

최상급의 마수는 레벨이 낮다 해도 '격'이 다른 존재.

히든카드라고 평해도 충분한 마수였다.

그것을 가볍게 여겨선 안 된다고 판단해 나름의 조건을 걸어둔 것이다.

지능 100이란 쉽게 도달할 수 없는 영역이므로 거기까지 도달했다면 충분히 사려가 깊게 '선물'을 사용하리라 내다본 것일 수도 있겠다.

그러나 나 역시 지능 100에 도달하진 못하였다.

오로지 크리슬리가 있기에 문구를 읽을 수 있었다.

바로 지금처럼.

"신이 떨어진 장소. 이곳은 우리의 무덤이며 족쇄이니라. 우리를 근원으로 되돌려 줄 자여. 나는 대지의 신 게브. 그대와 뜻을 함께할지니……. 내 마지막 선물을 받으라."

한국의 던전에는 지혜의 신 미네르바가 남긴 글귀가 있었다.

지금 크리슬리가 내뱉은 말과 유사했지만 미묘하게 다르다.

미네르바는 그저 던전이 생긴 원인에 대해 말했고 대지의 신 게브는 의미심장한 암호문 같은 소리를 늘어놓았다.

무덤이며 족쇄.

근원으로 되돌린다라…….

그 의미를 곰곰이 생각하고 있을 그 순간이었다.

쿠르릉!

제단의 위쪽에 균열이 생겼다.

혼돈으로 이루어진 마력이 아니라 게브의 신성력이 지근 거리에서 발현된 것이다.

곧 공간을 찢어발기며 거대한 마수 한 마리가 튀어나왔다.

'기간테스!'

4m는 되어 보일 법한 몸집.

검은색 투구와 갑주를 입은 거인족 전사.

투구 사이로 내비치는 침과 열기, 번뜩이는 붉은 눈은 최 상급 마수의 위엄을 상기시켜 주었다.

그리핀과 같은 최상급 1Lv의 마수라고는 하나, 그 기세만 큼은 그리핀을 뛰어넘었다.

나는 입술이 바짝 마르는 것을 느끼며 심안을 열었다.

이름 : 기간테스

능력치 :

힘 94

지능 71

민첩 75

체력 92

마력 74

잠재력 (406/414)

특이사항 : 대지의 신 게브를 최측근에서 보좌한 거인족의 흑기
사입니다. 그는 매우 고귀한 자. 아무에게나 고개를 숙
이지 않습니다. 그를 얻으려면 그가 내는 시험을 통과
해야 할 것입니다.

스킬 : 기간틱 슬래쉬(Epic), 대지의 품(Ex U)

기간테스.

놈은 매우 화가 난 눈초리로 나를 바라보고 있었다.

시험이란 게 뭔지 알 것 같았다.

피식 웃고 말았다.

'한판 붙어보자 이거로군.'

Chapter 16
기간테스

Dungeon Hunter

힘이 94에 체력이 92.

90이 넘어서는 두 개의 신체 능력치.

확실히 내가 앞서는 건 마력뿐이었다.

'이놈의 지능은 하루 빨리 올릴 필요가 있겠군.'

다른 건 몰라도 기간테스에게마저 지능이 밀린다는 건 수치스러운 일이었다.

그렇다고 잔여 포인트를 지능에 투자하자니 아까운 감이 있었다.

나는 씁쓸함을 느끼며 분노를 꺼내 들었다.

"크리슬리, 나가 있어라."

크리슬리가 눈을 동그랗게 뜨며 매우 걱정스럽다는 어조로 말했다.

"괜찮으시겠습니까?"

"나는 지는 싸움은 하지 않는다."

질 것이라면 시작도 않는다.

신체적 능력치는 기간테스가 우위에 있지만 그뿐이다.

능력치의 총합 자체는 나나 기간테스나 비슷하였다.

스킬을 이용한 공격은 내가 강하다는 뜻이었고 말인즉, 서로의 기교와 순간적인 판단이 승부를 가르게 될 것이었다.

크리슬리가 기간테스를 흘끗 바라보더니 내게 고개를 숙였다.

"부디 조심하시길, 나의 던전 마스터시여."

이윽고 크리슬리가 파이록과 그리핀을 이끌고 제단을 벗어났다.

나는 제단을 지키던 파이어 골렘 두 마리도 움직이게 하여 이곳을 빠져나가도록 명했다.

얇은 벽을 밀듯이 부수며 골렘 두 마리가 빠져나가자 제단 근처에 남은 이라곤 나와 기간테스가 전부였다.

"오래 기다리게 했군."

"나, 이겨라! 그러면, 따르겠다."

장소가 마련되었다고 생각한 것일까.

기간테스가 어눌한 발음을 놀려 의지를 전했다.

분노를 쥐고 자세를 잡았다.

"처음부터 그럴 작정이었다. 파라노말."

유니크 등급의 반지 파라노말.

다섯 개의 축복 중 하나를 무작위로 받을 수 있는 아이템을 발동시켰다.

[파라노말의 축복! 강력한 매력이 부여되었습니다.]

혀를 찼다.

매력 부여라니. 하필이면 가장 쓸모없는 축복이 걸렸다.

쿵!

하는 수 없이 강하게 발을 굴렸다.

지지직!

동시에 신체 전체에 전류가 퍼진다.

뇌신공을 운용하며 일순간 뻗어 나갔다.

길게 끌어서 좋을 게 없다는 걸 심안을 통해 확인했다.

내가 우위에 선 능력치는 마력.

피와 땀내 나는 격렬한 사투를 선호하는 편이지만 때를 가려야 하는 법이었다.

조금 더 타격을 줄 수 있는 방법은 최대치의 마력을 활용한 스킬뿐이다.

쿠르웅!

기간테스는 뭉툭하고 커다란 육각형 모양의 몽둥이를 내려쳤다.

던전 자체가 울리는 것처럼 광음과 함께 바닥이 움푹 파였다.

힘 94.

능히 산 하나를 밀어버릴 수 있는 괴력!

정면에서 맞으면 버티지 못할 것이다.

내 체력은 82로 기간테스에 비하면 방어력이 한참 낮았다.

'지금!'

하지만 동작이 크면 피하기 쉽다.

기간테스의 민첩은 다행히 높지 않은 수준이었고 충분히 움직임을 읽을 수 있었다.

기간테스가 바닥에 꽂힌 몽둥이를 다시 들려는 찰나, 나는 분노를 지면에 찍어 넣었다.

촤르르!

분노를 타고 강력한 전류가 지면을 흘렀다. 곧 전류가 기간테스가 손에 쥔 몽둥이를 때렸다.

"흡!"

지능은 항마력과도 관계가 있다.

그리고 기간테스는 항마력이 높지 않았다.

뇌신공이 결정적인 타격을 줄 수는 없더라도 잠시 멈칫하게 만드는 위력은 있는 것이다.

기간테스가 일순 손에 쥔 몽둥이를 풀었다.

그 즉시 분노를 빼내어 바닥을 강하게 박찼다.

높게 공중에 솟아올라 기간테스의 심장에 분노를 때려 박을 계획이었다.

아무리 체력이 높아도 머리나 심장을 잃으면 생명체인 이상 살 수 없으므로!

하지만 내 계획은 실행 단계에서 실패할 수밖에 없었다.

쿠르르르릉!

던전의 바닥이 솟아나 기간테스의 정면을 막아섰다.

하지만 그저 평범한 돌이라면 내가 뚫지 못할 이유가 없었다.

카앙!

문제는 스킬로 인해 강화됐다는 점이었다.

대지의 품(Ex U) 스킬이었다.

방어에 특화된 그 스킬이 회심의 일격을 막아버렸다.

분노는 벽을 뚫지 못했고, 이어 벽이 스러지며 기간테스가 몽둥이를 강하게 휘둘렀다.

'위험하다.'

몽둥이에 강한 마력이 응집되었다.

기간테스는 두 가지 스킬을 가지고 있었고 방금 하나를 사용했으니 남은 것은 기간틱 슬래쉬(Epic)뿐이었다.

내게는 기간틱 슬래쉬를 맞받아칠 만한 스킬이 없었다.

급히 물러나 기간테스의 공격에 대비했다.

기간테스가 마력이 잔뜩 응축된 몽둥이를 크게 휘둘렀다.

콰아아아앙!

강렬한 파동.

몽둥이에서 뿜어진 압력에 주변 모든 사물이 빨려 들어간다.

폭만 10m는 되어 보이는 상처가 크게 새겨진다.

이빨 자국과 같은 그것이 바닥과 벽에 길게 늘어졌다.

겨우 몸을 빼내는 데 성공했지만 그 위력을 보곤 질려 버렸다.

과연 에픽 등급.

그리핀의 불과 번개에 비교해서 꿀리지 않았다.

오히려 공격력 면에서는 더욱 강한 것 같았다.

그리핀의 불과 번개는 대규모 공격이었고 기간테스의 기간틱 슬래쉬는 일선(一線) 집중형 스킬이었다.

나는 이마를 짚었다.

스킬이 끝나자 제단의 절반이 흔적도 없이 사라진 탓이다.

'수리가 불가능한 것은 아니지만……'

말 그대로 아뿔사다.

아무래도 장소를 잘못 고른 듯싶었다.

내가 장소를 옮기자 하여 기간테스가 옮겨줄 것 같지는 않았지만 저 제단을 수리하는 데 상당한 시간이 들어갈 것은 분명해 보였다.

어쨌거나 이번 공격으로 한 가지는 확신할 수 있었다.

'그럭저럭 할 만하군.'

분노 스킬을 꺼낼 필요까진 없어 보였다.

나는 차분한 눈으로 기간테스를 바라봤다.

대지의 품이란 스킬은 우월한 방어력을 선보였으나 시전자인 기간테스도 공격할 수 없다는 단점이 있었다.

발동하는 데 약간이나마 시간이 걸리고 범위도 넓다.

그리고 기간틱 슬래쉬는 일선에 대해선 절대적인 위력을 발휘하는 공격이지만 대비하면 충분히 피할 만하다는 게 중요한 점이었다.

이 두 가지를 특성을 공략해야 한다.

행동거지가 결정된 즉시 다시 땅을 박차 높이 뛰어올랐다.

공중에 떠 있는 상대는 보다 맞추기 쉽다는 걸 기간테스 역시 알고 있었다.

강하게 몽둥이를 휘둘러 나를 노리려 하였고 나는 몸을 틀어 분노를 내려쳤다.

치이익!

분노가 기간테스의 몽둥이를 긁으며 파열음을 내었다.

신체적 능력치는 밀릴지 모르나 무기에 대한 '기교'에 있어서만큼은 내가 우위다.

단번에 거리를 좁혀 그대로 기간테스의 목을 노렸다.

이처럼 근거리라면 대지의 품도 발동하지 못할 것이었다.

파삭!

전력을 담아 분명히 목을 찔렀으나 생각보다 깊게 들어가지 않았다.

피부를 잘라낸 것에 그쳤다.

나는 이에 당황하지 않고 급히 몸을 숙여 재차 기간테스의 몽둥이를 피했다.

'내 힘이 낮아서 그런 것은 아니다. 마치 벽을 때리는 기분이었어. 대지의 품 스킬로 육체도 강화할 수 있는 건가?'

자세히 보니 잘라낸 목의 피부에서 자잘한 흙 같은 게 떨어져 내렸다.

쯧!

설마 육체에 벽을 두를 줄이야.

"크, 크르으!"

하지만 아예 들어가지 않은 것은 아니다.

피부는 단단할지 모르나 기간테스는 항마력이 낮다.

분노에는 내 전력 또한 담겨 있었기에 상처를 통해 고스란히 그 피해를 입을 수밖에 없었다.

"장난, 여기, 까지다!"

기간테스는 무척이나 화가 난 모습이었다.

전력을 먹은 전신에서 무럭무럭 연기가 피어올랐다.

그 상태 그대로 기간테스가 기간틱 슬래쉬를 준비했다.

빠르게 공수를 전환하여 나는 미리 충격에 대비했다.

한데 아까 보았던 기간틱 슬래쉬와는 느낌이 미묘하게 다르다.

'간을 본 거였군!'

미간을 찌푸렸다.

이내 완전히 피하는 건 불가능하다고 판단, 급히 모든 전력을 쏟아부어 뇌신공을 발동시켰다.

이것으로 기간틱 슬래쉬를 상쇄하는 수밖에 없다.

등급의 차이가 난다고는 하나, 스킬의 공격력을 좌우하는 마력은 내가 훨씬 높다.

모든 전력을 쏟아부으면 적절히 상대가 되리라고 보았다.

하지만 그게 오판이었다는 걸 깨닫는 데에는 오랜 시간이 걸리지 않았다.

콰아아아아아아아앙!

마치 번개를 머금은 폭풍이라도 치는 듯하다.

그것은 감히 재앙이라 칭해도 부족함이 없는 마력의 진동이었다.

기간테스의 몽둥이를 타고 기간틱 슬래쉬가 발동되자 일전 본 것과는 비교가 안 되는 진동이 모든 것을 깨부수며 다가왔다.

그 폭만 수십 미터에 달했으니…….

이를 악물고 전력을 마지막 한 톨까지 끌어모았다.

중첩에 중첩을 거듭해 마력의 파장을 밀도 있게 깔았다.

겹겹으로 뭉쳐진 전력의 방패가 내 앞을 막아섰고 곧 기간틱 슬래쉬와 부딪혔다.

지직! 지지직!

내가 깔아둔 전격은 정확히 7겹.

7성의 뇌신공으로는 이게 한계였고 기간틱 슬래쉬에 의해 순식간에 벗겨지는 중이었다.

2겹, 4겹, 6겹.

마침내 마지막 일곱 번째 전격의 방패가 깨졌다.

그 와중 기간틱 슬래쉬의 공격력을 상당히 와해시킬 수 있었지만 나머지 타격을 나는 맨몸으로 맞을 수밖에 없었다.

"쿨럭!"

기간틱 슬래쉬가 가슴을 때렸다.

역류한 피를 입으로 토해냈다.

'재수가 없군.'

입가에 묻은 피를 닦아낼 생각조차 하지 못한 채 표정을 굳혔다.

어깻죽지부터 배꼽 아래까지 손톱으로 긁어낸 커다란 상처가 새겨져 있었다.

하필이면 심장과 뇌신이 잠든 단(丹)을 동시에 긁어버린 것이다.

쉴 새 없이 피가 흐른다.

이로써 시간을 끌면 더욱 불리한 판이 짜졌다.

분노를 써야 하나?

이상한 일이지만 분노를 쓸 경우 지지 않으리란 묘한 확신이 들어차 있었다.

물론 그 여파가 어디까지 미칠지는 나로서도 알지 못한다.

"커헉!"

한데 순간 몸이 급속도로 달아올랐다.

이 느낌은 나락군주의 심장을 막 얻었을 때와 유사하다.

전신의 피가 돌며 정신이 아득해진다. 자극된 심장에서 마력이 흘러나왔다.

흘러나온 마력이 거세게 신체 전체를 좀먹기 시작했다.

표정이 더욱 굳고 말았다.

'마력 역류!'

이를 악물었다.

마력 역류 현상.

마족이 죽을 때에나 겪는다는 그것!

나는 이미 겪어본 바가 있었다. 해서 그 느낌을 잘 안다.

확실하다.

기간틱 슬래쉬가 심장을 때린 탓에 그곳에서 흐른 마력이 넘치는 게 분명했다.

나락군주의 심장에 담긴 마력의 양은 상상을 초월할 수준이었다.

아직 전부 각성하지 못했음에도 지능과 마력을 35나 올려 주는 기염을 토하지 않았나.

기간테스의 싸움이 문제가 아니다.

급히 앉아 자세를 취한 뒤 정신을 집중했다.

역류하는 마력을 바로잡아야 함이었다.

나는 흐르는 마력을 최대한 주워 담아 심장 안에 집어넣고 마력이 흐르는 심장의 상처를 회복시키는 데 집중하였다.

여기서 포션이나 엘릭서는 도움이 되지 않는다.

억지로 봉합하면 이미 흘러나간 마력이 무슨 부작용을 일으킬지가 미지수였다.

오로지 자력으로 회복하는 방법밖에 없는 것이 마력 역류 현상이었다.

하지만 예상외의 일은 또 한 번 일어났다.

기간틱 슬래쉬로 타격을 받은 건 심장과 배꼽 아래의 단이다.

자극을 받아서인지 배꼽 아래서 꿈틀대던 뇌신이 이윽고 깨어났다.

그러더니 그간 굶주린 배를 채우겠다는 듯 심장에서 빠져나온 마력을 한 움큼씩 집어삼키는 게 아닌가?

전까지만 하더라도 심장 주변으론 얼씬도 하지 않던 게 뇌신이다.

마치 무서운 존재를 인지한 듯 도망가기에 바빴다.

그러나 지금은 아니다.

오히려 도전적으로 심장 인근의 마력을 집어삼키며 조금씩 몸집을 불려 나갔다.

나는 마력을 주워 담던 행위를 멈췄다.

넘쳐나는 것은 언제고 다시 흐르게 되어 있었다.

이것을 조금이라도 유익한 방향으로 줄일 수 있다면 결코 손해는 아니라는 계산에서였다.

그렇게 뇌신이 마력을 집어삼키기 시작한 지 얼마의 시간이 지났을까.

모든 정신을 뇌신의 움직임에 집중하고 있을 그때였다.

[나락군주의 심장이 일부 각성하였습니다.]

['뇌신공(U)'이 변태를 거쳐 '전겨의 정령(Epic)'으로 완성되었습니다.]

['전겨의 정령'은 일반적인 속성의 정령이 아닙니다. 진마룡과 다크 엘프 하이어, 나락군주의 마력을 집어삼켜 한 차원 위의 존재로 거듭난 특수한 정령입니다.]

나는 눈을 떴다.

보이는 시야는 눈을 감기 전과 다를 바가 없었다.

하지만 내겐 아주 커다란 변화가 일어났다. 적어도 그것 하나만큼은 확실하게 인지할 수 있었다.

정신이 청량해진 기분.

마력은 안정적이었으며 몸의 상처 또한 나았다.

내부를 쏘다니는 뇌신은 전보다 더욱 활기를 띠고 있었다.

'상태창.'

나는 이런 변화를 가장 손쉽게 확인할 수 있는 방법을 안다.

곧 전면에 상태창이 떠올랐다.

이름 : 랜달프 브뤼시엘

직업 : 마계 백작 (던전 마스터)

칭호 :

　*던전 사냥꾼 (던전 점령, 마족 사냥 시 잔여 능력치+1)

　*불굴의 전사 (Ex U, 모든 능력치+2)

　*최초로 요정의 축복은 받은 자 (U, 마력+6)

능력치 :

　힘 79(+9)

지능 72(+2)

민첩 74(+2)

체력 80(+2)

마력 85(+8)

잠재력 (390+23/500)

잔여 능력치 : 3

전력량 : 16GW

특이사항 : 나락군주의 심장이 일부 각성한 상태입니다.

스킬 : 스킬 조합(R), 심안(Ex U), 전격의 정령(Epic), 분노(Epic)

[전후 비교]

힘 88 지 66 민 76 체 82 마 90 잠재력 (379+23/500)

힘 88 지 74 민 76 체 82 마 93 잠재력 (390+23/500)

지능이 크게 늘었다.

무려 8의 상승.

내게 있어선 사막의 오아시스를 발견한 것과 같이 달콤한 소식이다.

가뜩이나 낮은 지능이 발목을 잡고 있었던 탓이다.

그리고 마력이 3 올랐다.

90부터의 체감이 전혀 다르다는 걸 생각하면 이 역시 놀라운 상승이다.

또 본래 전력량 64메가와트를 가지고 있었던 나이지만 순식간에 16기가와트로 변모했다.

1기가와트가 1,000메가와트임을 생각할 때 250배에 달하는 성장이다.

뇌신공을 12성까지 익혔을 시 4기가와트가 된다는 걸 감안하면 그래도 4배 더 올라간 수치인 것이다.

마지막으로 스킬이 변했다.

뇌신공의 물음표 세 개가 사라지고 그 자리를 전격의 정령(Epic)이 차지했다.

에픽 등급의 정령이라?

일반적인 정령술도 레어 등급을 넘어가는 게 거의 없었다.

에픽 등급이면 능히 최상급의 정령과 맞먹는다는 뜻이다.

나는 내 몸에서 열심히 돌아다니던 뇌신을 불렀다.

'나와라.'

파지지직!

기다란 전격의 뱀 형태의 무언가가 부름과 동시에 내 몸에서 빠져나왔다.

크기는 머리통만 한데 느껴지는 존재감은 그 이상이었다.

이 뱀이 바로 뇌신이다.

몸속을 돌아다니던 모습이 꼭 뱀과 같다고 생각했는데 확실히 상상과 별다를 바가 없었다.

나는 고개를 끄덕이며 시선을 돌렸다.

"오래 기다리게 했군."

"너, 막았다. 변했다. 기다린다! 나, 기사다!"

기간테스가 흉포한 안광 대신 호기심 가득한 눈초리로 나를 바라보는 중이었다.

나는 피식 웃었다.

최대 출력의 기간틱 슬래쉬를 막아낸 것에 대한 예의인 듯싶었다.

상태창에 적혀 있었듯 기간테스는 신을 보좌하던 기사.

아무리 지능이 높지 않은 마수라도 상대를 존중할 줄 아는 것 같다.

다짜고짜 머리를 날려 버리는 짓은 하지 않아서 다행이었다.

'선물은 선물이군.'

예상외의 일이었지만 이런 선물이라면 언제든지 환영이다.

모든 게 내 계획대로 굴러가라는 법은 없었고 가끔은 나조차 깜짝 놀랄 일이 일어나서 이 '마왕의 자리를 건 게임'이 재미있는 것이다.

회귀를 했음에도 이럴진대…….

전생에서 겪지 못한 더욱 많은 요소가 나를 기다린다고 생각하면 절로 주먹이 불끈 쥐어지곤 하였다.

정해진 대로 순탄한 길을 걸으며 마왕의 자리를 손에 넣을 생각은 없었다.

모든 걸 개척하고 깨부순 뒤 진정한 마계의 정점이 되는 것이 나의 목표였다.

허울뿐이 마왕의 이름을 손에 넣어봤자 공허할 따름이다.

우선 내 자신이 납득하지 못할 터.

"그럼 2차전을 시작하지."

본격적인 사투의 시작이었다.

전격의 정령으로 진화한 뇌신!

처음에는 머리통 크기의 뱀인 줄 알았는데 전투가 시작되자 몸집을 크게 부풀렸다.

곧 뱀이 아니라 '용'이라 칭할 정도로 커지며 그만한 위압감을 주변에 흩뿌렸다.

에픽 등급의 스킬에다가 내 높은 마력의 보정을 받으니 능히 기간틱 슬래쉬를 뚫어버릴 돌파력을 갖추게 되었다.

'전력량이 빠르게 줄어든다는 게 문제로군.'

내 전력의 총량은 16기가와트.

1분당 1기가와트가 빠르게 닳아 사라지고 있었다.

뇌신을 운용할 수 있는 시간은 길어야 16분이라는 것이다.

'16분이면 충분하지.'

그러나 뇌신은 확실히 쓸모가 많았다.

기간테스의 기간틱 슬래쉬를 무력화시키거나 대지의 품을 그대로 관통하는 뛰어난 공격을 보여주었다.

기간테스는 항마력이 높지 않기에 계속해서 타격이 축적되는 중이었다.

그나마 체력이 높아서 버티고 있을 뿐이었다.

"크르아아아아!"

정신없이 양옆에서 공격하는 나와 뇌신으로 인해 기간테

스는 정신을 차리지 못했다.

몽둥이를 휘두르고 모든 스킬로 대항했지만 시간문제였다.

결국 뇌신에게 전신이 옭아매이는 상황까지 몰리게 되었다.

'확실히 대단한 힘이다.'

기간테스의 모습에 살짝 기가 질렸다.

자신을 옭아맨 뇌신을 순수 근력으로 떨쳐 내려 하고 있었다.

90을 넘어 94에 달하는 힘은 이미 어느 정도 초월 지경에 들었다고 할 수준이다.

마력을 끊어내는 것도 불가능하진 않은 일이었다.

전력량이 두 배로 빠르게 빠져나갔다.

이대로는 고작 몇 분 구속하는 게 전부이리라.

나는 슬슬 이 사투를 종결지을 때라고 판단했다.

"이게, 뭐냐! 너, 없었다. 이런 거!"

기간테스가 짐승 같은 소리를 내며 외쳤다.

절로 어깨가 으쓱거렸다.

"네가 기다려 준 덕분에 생긴 새로운 스킬이다. 내가 변했다는 걸 너도 인지하지 않았나?"

몸의 내부에서 변화가 시작되었다는 걸 기간테스는 눈치채고 있었다.

하여 변화가 완료될 때까지 기다려 준 것이었다.

내 스킬임이 판정된 이상 2:1이라고 불만을 호소할 순 없을 터다.

예상대로 기간테스는 내가 분노를 들고 다가오자 더는 대항할 수단이 없음을 인정했다.

"크르르! 졌다!"

"시험은 통과한 건가?"

"그렇다! 나, 이제 너 따른다."

휘리릭!

분노를 돌려 검집에 넣고 뇌신을 불렀다.

뇌신의 몸이 급속도로 작아지더니 이내 몸으로 빨려 들어왔다.

'최상급의 마수가 둘.'

그리핀과 기간테스!

2년 차도 안 됐음을 감안할 때 이는 말도 안 되는 성과다.

최상급의 마수는 전쟁의 극후반에 이르러서도 그 숫자가 매우 한정적이었다.

주로 공작급 이상이나 다룰 수 있는 게 이 최상급 마수라는 존재였으니…….

나는 흐뭇하게 기간테스를 쳐다봤다.

쿵!

그러자 상처 가득한 기간테스가 한쪽 무릎을 꿇었다.

"마스터!"

나는 기간테스와 함께 제단을 빠져나왔다.

무너진 벽의 앞에서 크리슬리가 나를 기다리고 있었다.

"무사하셨군요."

"너는 걱정이 많군."

대수롭지 않게 말했다.

중간에 마력 역류 현상으로 조금 위험하긴 했지만 내게는 비장의 수단인 '분노'가 남아 있었다.

사용하면 결과를 예측할 순 없으나 적어도 지지는 않았을 것이었다.

"저는 충실한 종. 매일 걱정스러운 나날을 보내고 있답니다."

"다른 문제가 있다면 말하라. 오늘은 기분이 좋으니 한 가지 청쯤은 들어줄 수 있다."

많은 걸 얻은 날이다.

최상급 마수 기간테스가 수하를 자처했고 내 고질적인 문제점이었던 지능이 어느 정도 해결되었다.

스킬의 등급 또한 올라 모처럼 굉장히 기분이 좋았다.

그러자 크리슬리가 뺨을 분홍빛으로 물들였다.

"그, 그러면…… 나의 던전 마스터시여, 오늘 밤……."

더 이상 말을 잇지 못했다. 하지만 그 의미를 알아듣지 못할 내가 아니다.

의식을 치른 뒤로 별다른 접점이 없었으니 크리슬리로서는 애가 탔을 수도 있겠다.

그리고 한차례 위험을 겪어서인가?

나 역시 욕구가 팽창하고 있었다.

"굳이 밤까지 기다릴 필요는 없을 것 같군."

거칠게 크리슬리의 입술을 탐했다.

이후 의식을 치렀던 장소로 이동했고 삼 일이 지난 뒤에야 나는 그곳을 빠져나왔다.

일본 던전을 귀속시키는 작업이 끝났다.

본래 아돌이 가지고 있었던 몇 가지 아이템도 손에 넣었는데 그중 나름 쓸 만한 게 두 가지가 있었다.

'던전 수정구와 세계수의 씨앗. 이건 괜찮군.'

던전 수정구는 던전 내부를 훤히 볼 수 있는 마법 아이템이다. 구입하려거든 10만 포인트가 필요하지만 아돌이 산 것이니 감사히 접수해 주었다.

그리고 세계수의 씨앗. 지형을 변화시키는 유용한 아이템이었다. 세계수의 씨앗을 심은 곳은 하루아침에 울창한 숲이 된다.

이히가 몰래 만든 작은 숲과는 비교가 안 될 크기를 자랑한다. 층 하나를 숲으로 도배시키는 것도 불가능하진 않을 것이었다.

'만물상점에는 없는 아이템인데…….'

마계 옥션에서 몇 번 나왔던 걸 기억해 냈다. 하지만 이전 마계 옥션에서 세계수의 씨앗은 나오지도 않았다.

아돌이 따로 구했다는 뜻이지만 도무지 출처를 모르겠다.

아무튼 다크 엘프들이 머무는 곳에 심어주면 효과가 매우 뛰어날 터였다. 엘프의 특성상 숲이 있는 곳에서 더욱 위력을 발휘하기 때문이다.

운이 좋으면 진짜 세계수가 튀어나올지도 모른다. 어디까지나 만에 하나의 확률이지만 던전에 세계수를 틔우면 그로 인한 효과가 컸다. 번식률이 오른다거나 자연의 정령이 깃든다거나 여러모로 기대되는 아이템이었다.

"링크는 연결되었나?"

"조금만 더 하면 된다구요."

요정 구요가 던전 코어 위에서 땀을 뻘뻘 흘리며 정신을 집중하고 있었다. 한국의 던전과 일본의 던전 사이에 링크를 연결하기 위함이었다.

한국의 던전에 던전 마스터가 이동할 수 있는 마법진이 존재하듯이 '나의 던전'이라 판명된 이곳이라면 서로 이동할 수 있는 링크를 연결하는 것도 가능하리라 내다본 것이다.

한국의 던전까지 다시 걸어갈 수는 없는 노릇 아닌가.

그리고 그 예상은 적중했다.

"아! 마스터, 링크가 연결됐다구요!"

곧 던전 코어가 공명하기 시작하였다.

쿠우우우웅!

아주 잠시간 던전 외벽의 배리어가 해제되며 마력의 파장이 일본과 한국을 오갔다.

그사이에 존재하는 모든 생명체가 이 마력의 파장에 노출되곤 본능적으로 몸을 떨어댔을 정도로 강렬하기 그지없었

다. 이어 던전 코어에서 쏟아진 붉은빛이 일직선으로 뻗어
나갔다.

한국의 던전에서도 똑같은 색의 빛이 튀어나왔고 동해의
한중간에서 정확히 만났다.

빛이 서로 엉킨다. 위로 아래로 마구 솟구치며 일본과 한
국을 잇는 '빛의 장벽'이 완성되었다.

형용 불가능한 압도적인 광경.

모든 이가 넋을 잃고 그를 바라봤다.

이 장벽은 약 30초 뒤 사라졌다.

'됐군.'

던전 코어 근처에 이동 마법진 하나가 새겨진 순간이었다.

Dungeon Hunter

일본의 던전으로 원정을 떠났던 모든 마수와 내가 돌아왔
다. 오랜만에 돌아온 한국의 던전은 별로 변한 게 없었다.

이히가 미칠 듯이 날개를 퍼덕이고 있다는 걸 제외하면 말
이다.

"마스터, 구요가 누구예요? 예? 뭐하는 놈팡이예요? 믿
고 있었는데…… 이히가 유일한 요정일 줄 알았는데 실망
이에요."

"요정왕의 자리 때문에 그런가? 걱정 마라. 아직까진 네가
우위에 있으니."

요정왕의 자리는 하나다.

나는 그것을 두고 요정들을 경쟁시킬 생각이었다. 굳이 요정왕이 되지 못하더라도 '격' 자체는 올릴 수 있으니 요정들로서도 크게 손해는 아니었다. 격이 올라갔다는 것은 차기 요정왕의 강력한 후보가 된다는 뜻이니까. 요정은 영체인 고로 매우 수명이 길다.

"힝, 이히가 실망한 부분은 그게 아닌데요. 이히는 마스터가 바람을 피워서 슬프다는 뜻이에요. 이제는 꿀 차도 안 탈래요."

"조그만 것! 무례하다!"

"넌 또 뭐야?"

새로운 얼굴인 기간테스를 보고 이히가 찌릿! 째려보았다.

"조그만 것! 마스터, 무례하다!"

기간테스가 가뜩이나 무서운 얼굴을 더욱 무섭게 굳혔다.

한참 기간테스를 째려보던 이히가 슬쩍 시선을 돌렸다.

"이, 이히가, 그런다고 무, 무서워할 줄 알아? 이, 이히는 던전 코어의 요정이라구! 너, 너 같은 건 이히가 마음먹으면 꿀벌처럼 매우 엄하게 괴롭혀 줄 수도 있어. 울고불고 용서해 달라고 해도 용서 안 해줄 테야."

이히가 양쪽 허리에 손을 올렸다. 다만, 여전히 시선은 피하고 있었다. 아무리 던전 코어의 요정이라도 기간테스의 얼굴이 두렵긴 한 모양이다.

나는 이 일련의 소음에 고개를 내저으며 말했다.

"이히, 만물상점에서 구입할 수 있는 모든 번식종의 내역을 알려다오."

말마따나 한국 던전에 맞는 번식종을 찾아볼 계획이었다.

이히가 손가락을 뻗었다.

"너, 너. 오늘 운 좋은 줄 알아. 마, 마스터만 안 계셨으면 말이야. 이히가 아주 혼찌검을 내줬을 텐데 말이야. 오늘은 바쁘니까 이, 이 정도로 넘어가 줄게."

말은 그렇게 했지만 이히의 몸이 부들부들 떨리고 있었다.

아무래도 기선 제압의 대결에서 승리한 자는 기간테스인 듯싶었다.

Chapter 17
번식종

Dungeon Hunter

한국, 일본, 그리고 세계가 놀랐다.

던전에서 마수가 빠져나와 다른 던전으로 이동한 전례는 없었다.

입은 피해도 천문학적이거니와 리치가 포함된 마수 군단은 빈혈이 날 정도로 강력했다.

뿐만인가.

항거 불가능한 적.

던전의 주인이라 스스로를 칭하던, 눈부시도록 아름답고 귀가 긴 여인!

그녀의 출현이 가장 결정적이었다.

많은 이가 던전의 최상층에 기거하는 누군가가 있을 것이라고 예상을 하긴 했다.

신, 지저세계의 왕, 외계인, 갖가지 추론이 지금껏 오가고 있었다.

그곳에 도달하면 인간은 한계를 뛰어넘어 '진리'를 접할 수 있을 것이라는 이야기마저 있었으니 최상층에 대한 관심이 폭발하지 않을 리 없었다.

하지만 실물이 직접 나오리라고는 누구도 예상하지 못한 바다.

모두가 던전의 주인이 남긴 메시지에 집중했다.

'최상층에 오르라. 그러면 세계의 진실을 알려주겠다.'

라는 그 말.

진실이 무엇일지에 대해 세계의 석학들이 분석하고 연구했지만 뜬구름 잡는 것 이상이 아니었다.

이후 이틀이 더 흐르자 더욱 놀랄 만한 광경이 한국과 일본 사이에 연출되었다.

마력의 파동, 그리고 빛의 장벽.

한국과 일본에선 특히 난리가 났다.

"세상이 끝날 징조."

"그분을 받들라!"

끝끝내 종말이 도래했다는 말이 사람들 사이에서 오갔다.

일반인조차 강렬한 마력의 파동을 느끼고 격렬하게 두근대는 심장을 움켜잡아야만 했다.

마력에 친숙한 각성자들은 그 이후 삼 일 밤낮을 못 잤을 지경에 이르렀다.

대체 두 던전에서 무슨 일이 일어난 것인지 모두들 궁금해했지만 진실을 밝힐 힘이 인간에겐 없었다.

그러자 곳곳에서 던전의 주인을 '신'으로 경배하는 집단이 출현하기 시작했다.

미지의 영역에 대해 사람들은 두려움을 느끼고 본능적으로 따르려는 경향이 있었으므로 어쩌면 예정된 수순이었다.

그사이 일본은 한국에 책임을 물었다.

웃기는 이야기지만 한국의 던전에서 마수가 출현하여 일본에 도달한 것을 물고 늘어진 것이다.

천문학적인 피해액을 한국이 변제하길 바랐는데 당장 한국도 복구에 여념이 없는지라 모르쇠로 일관하였다.

결국 일본은 불안한 국내의 민심을 돌리기 위해 '한국이 나쁘다'는 프레임을 적극적으로 이용하기 시작했고 두 나라의 국제 관계가 더욱 악화되는 건 어쩔 수 없었다.

몇 개월이 더 지나자 아픔은 조금 가셨지만 여전히 국민 여론은 우울한 상태였다.

수천 명이 하룻밤 사이에 돌아올 수 없는 강을 건넜다.

범죄가 늘고 국내 생산율이 급감했다.

분위기를 쇄신하기 위한 돌파구가 필요한 시점.

한국의 수뇌부가 선택한 건 각성자들이었다.

"좌측 방향 150m 지점, 오크 떼 출현!"

"가더들 앞으로! 근접 딜러는 원호, 원거리 딜러는 스킬

준비!"

"힐러를 너무 믿지 마라! 자신의 안전을 최우선해! 그렇다고 대열을 크게 흐트러뜨리면 안 된다!"

한국 던전 4층.

백에 다다르는 각성자가 각자 무기를 들고 오크 떼를 맞이하고 있었다.

본래라면 한참 뒤에나 공략했을 4층이지만 국내의 분위기 쇄신과 각성자의 빠른 성장을 위해선 어쩔 수 없는 선택이었다.

압도적인 마수 군단을 본 각성자들은 극한의 두려움과 온몸이 간질거리는 느낌을 동시에 받았다.

'용사'는 성장하는 존재.

언젠가는 저런 마수와 던전의 주인조차 뛰어넘을 수 있으리란 희망이 새겨진 탓이다.

하여 5대 길드가 모두 모여 레이드 부대를 편성했다.

그 숫자는 정확히 120!

각 길드에서 24명씩 차출했고 4층까지 오며 20여 명가량이 죽었지만 4층의 끝에 도달할 수 있었다.

하지만 4층은 오크가 너무 많았다. 보이는 마수라곤 죄다 오크였다.

그동안 각성자도 많은 성장을 이뤄 최정예라면 능히 오크와 일대일의 결전을 벌일 수 있었다.

이곳에 모인 100여 명의 각성자는 모두 최정예.

소수의 오크는 문제가 안 된다.

그러나 적어도 20, 많으면 백까지 무리 지어 다니는 오크는 각성자들로서도 난색을 표할 수밖에 없었다.

이 미치도록 많은 물량이 대관절 어디서 튀어나오는지 알 길이 없어 답답할 따름이다.

"저기 5층으로 가는 길목이 있다! 이번 위기만 넘기면 우리는 누구도 도달하지 못한 미지의 영역에 발을 들이는 셈이다!"

"앞으로!"

그래도 오크를 상대하면 능력치가 오르는 게 눈에 보일 정도다.

이하 층에서보다 훨씬 빠른 성장을 기록하고 있었다.

여기서 올린 능력치와 경험을 토대로 5층에 올라서면 더욱 성장에 박차를 가할 수 있을 것이었다.

쉬이익!

나타난 오크의 숫자는 80가량.

각성자들의 눈에 각오가 서렸다.

"언니, 느낌이 좋지 않아요."

"괜찮아. 여기까지 잘 돌파했잖니?"

"이럴 때 공대장님이 계셨어야 하는데. 대체 어딜 가신 거람?"

5층으로 가는 계단의 와중 유은혜가 투덜거리자 이지혜도

동의한다는 듯 살짝 고개를 끄덕였다.

그녀들을 비롯하여 데빌헌터 공격대도 이 레이드 부대에 포함되어 있었다.

"언니, 우리 공대장님이요. 2차 몬스터 웨이브를 막으시곤…… 어딜 가신 걸까요?"

던전의 주인이 데빌헌터 공격대의 공대장을 '최강의 각성자'로 인정한 그날, 그는 증발한 것처럼 사라졌다.

이에 한국에선 한바탕 혼란이 일어났는데 여태껏 모습을 드러내지 않고 있었다.

이지혜가 어깨를 으쓱했다.

"글쎄, 워낙 홍길동 같은 분이시잖아. 어느 날 갑자기 나타나시겠지."

"그때도 저희는 내팽개치시더니. 분해요, 아주."

몬스터 웨이브가 일어났을 때 유은혜와 이지혜는 공격대에 포함시켜 주지 않았다.

분개했지만 절대적인 공대장의 명인지라 발만 동동 굴렸다.

"우리가 아직 부족해서 아니겠어?"

"헤헹! 이제 길드 내에서 저를 당할 수 있는 사람은 한 손에 뽑는다구요?"

합숙 이후 유은혜의 성장은 눈이 부셨다.

스킬의 변화를 겪고 더욱 열심히 훈련에 매진한 덕이다.

"그래, 너 잘났다."

이지혜가 피식 웃었다.

그렇게 물 흐르듯 각성자 전원은 5층에 발을 들일 수 있었다.

유은혜가 고개를 절레절레 저었다.

"여기라고 별로 다를 건 없네요."

"던전이 한 번에 바뀌겠니? 최상층까지 이런 어두침침한 동굴 형태일걸."

선두에 선 미스릴 길드의 공격대장 한 명이 손을 들어 올렸다.

"이 앞은 질척거리는 진흙이 많다. 이동하는 데 모두 조심……."

쿠우웅.

그때였다.

진흙지대라고 여긴 그것이 합쳐지기 시작하는 게 아닌가?

진흙이 뭉쳐 이내 머드 골렘의 형태를 갖췄다.

모두가 할 말을 잃고 그 광경을 가만히 지켜보았다.

쿵!

쿠웅!

여기저기서 다른 머드 골렘들이 출현했다.

그 옆으로 꼭두각시 인형이 슬그머니 모습을 드러내자 각성자들은 급히 정신을 차렸다.

"전투 준비! 대열을 유지하라!"

결국 100여 명의 각성자는 후퇴를 결정할 수밖에 없었다.

숫자는 적었지만 오크와는 비교가 안 될 만큼 마수가 강했다.

물론 그럼에도 머드 골렘과 꼭두각시 인형만 있었다면 어찌 돌파할 수 있었을지도 모른다.

하지만 공중에서 나타난 하피에 의해 그들은 심각한 피해를 입었다.

더 깊숙이 들어갔다간 돌이킬 수 없는 상황에 몰리리라 판단, 후퇴를 결정한 것이다.

던전을 빠져나왔을 때, 그들의 숫자는 절반으로 줄어 있었다.

그러나 4층에서 발견한 마법 무구와 아이템들은 확실히 3층에서 구한 것보다 질이 좋았다.

5층은 '좌절의 장소'가 되었지만 아예 희망의 불씨가 꺼진 것도 아니었다.

적어도 5층에 무슨 마수가 있는지 파악이 되었으니 공략 방법을 정하고 조금 더 성장하면 충분히 정복할 수 있으리라 내다보았다.

동료의 죽음을 발판 삼아 각성자들의 눈에 더욱 강렬한 의지가 서렸다.

Dungeon Hunter

샤─ 샤─!

나는 가만히 나가 새끼의 목을 잡아 올렸다.

하반신은 뱀이고 상반신은 인간과 비슷한 이 종족은 강력한 맹독을 품고 있어서 이렇게 만지는 건 굉장히 위험한 일이다.

하지만 내게는 해당 사항이 없는 이야기다.

샤-!

이제 3개월 된 나가 새끼가 몸을 이리저리 틀어댔다.

아직 어려서 그런지 기다란 혓바닥을 놀려 나를 공격하려고 들었다.

그 옆에는 수 마리의 나가 새끼가 있었고 모두 비슷한 성장의 정도를 보였다.

"아직 이상한 점은 보이지 않는군."

나는 턱을 쓸었다.

한국의 던전에 맞는 번식종을 찾겠다며 여러 마수를 들였지만 아직 큰 성과는 없었다.

이 나가의 새끼도 한 마리에 7,500포인트나 하지만 성장하면서 눈에 띄는 점을 보여주진 못했다.

파이록의 유충과 같이 크면서 대다수가 죽는 것은 성체에 비해 싸다.

그러나 나가의 새끼는 성체와 포인트가 똑같았다.

오로지 성장하면서 마력의 파장이 무슨 효과를 가져다줄지 파악하고자 새끼 열 마리를 구입한 것이다.

성체도 20마리나 구입했으니 이제 새로 태어날 나가의 새끼에 기대를 걸 수밖에 없을 듯했다.

나는 목을 쥐었던 새끼를 풀어주곤 다음 층으로 이동했다.

나가가 있는 곳은 12층.

13층은 웨어 울프가 번식종으로 선택된 곳이었다.

보랏빛의 털을 휘날리는 2m 크기의 거대한 늑대.

이족보행이 가능한 데다 사자의 갈기와 같이 털이 곧게 뻗어 있었다.

나가나 다크 엘프와 똑같은 중급 마수 3Lv이었지만 공격적인 성향이 매우 강했다.

깨갱!

내가 나타나자 막 이곳저곳을 돌아다니던 웨어 울프들이 귀를 내렸다.

나는 웨어 울프의 보금자리를 찾아가 이번에 태어난 새끼 웨어 울프를 번쩍 들었다.

웨어 울프는 모성애가 강하기로 유명하다.

하지만 내가 나서니 안절부절못하며 지켜보고만 있을 따름이다.

"음……. 아직은 모르겠군."

보금자리에는 3마리의 새끼가 있었다.

모두 일단 돌연변이는 아닌 듯했다.

일반적인 웨어 울프였고 성장 속도도 비슷했다. 역시 눈에 띌 수준은 아닌지라 입맛을 다셨다.

고개를 내젓곤 다음 장소로 이동했다.

14층.

리저드맨과 트롤이 번식종으로 선택된 층.

두 종족은 매우 사이가 나빠 붙여만 놓으면 싸우기 일쑤다.

굳이 이 두 종족을 한 층에 몰아넣은 것은 투쟁으로 인해 보다 강한 '종'이 태어나지 않을까 하는 일말의 기대를 걸었기 때문이다.

아직 두 종은 번식을 하기 전이라 숫자가 매우 적었다.

내 보유 포인트도 무한은 아니었기에 30마리씩 넣는 게 한계였다.

'확실히 경쟁종이 있으면 번식의 속도가 1.5배 이상은 올라간다. 문제는 그만큼 죽는다는 거지만.'

이곳 역시 특이체는 발견되지 않았다.

너무 짧은 시간에 많은 걸 바라서일까?

매일같이 이처럼 돌아보며 확인하고 있으나 던전의 마력 파장과 일치하는 번식종을 구분하지 못했다.

어쩌면 나가, 웨어 울프, 리저드맨, 트롤 중 마력 파장과 맞는 번식종이 없을 수도 있었다.

혀를 찬 뒤 다크 엘프들이 모여 사는 15층으로 이동했다.

세계수의 씨앗을 심어 하루아침에 15층은 광활한 숲이 되어 있었다.

나는 조금 더 안으로 들어가 마력을 개방했다.

"던전 마스터를 뵙습니다!"

곧 다크 엘프의 족장 줄리엄이 달려 나와 예를 갖췄다.

그 뒤로 몇몇 다크 엘프가 도열했다.

"나머지는 어딜 갔지?"

보이는 숫자가 매우 적다.

이에 의아함을 느끼며 묻자 줄리엄이 답하였다.

"7층 드워프들이 집으로 사용할 목재를 옮기고 있습니다. 나머지 인원은 세계수의 씨앗이 제대로 싹을 틔울 수 있도록 갖은 방법을 동원하는 중입니다."

"쉽지 않을 것이다. 세계수의 씨앗은 숲을 만들어주지만 정작 세계수를 잉태하지 못하고 대부분이 죽으니까."

전생에서 던전에 세계수를 틔운 마족은 한 명뿐이었다.

대공 오쿨루스.

그의 던전은 오로지 세계수 하나로 난공불락이 되었다.

마수들의 성장 속도나 번식률이 크게 올랐고 세계수를 호위하는 대지의 정령이 자연 생산되었다.

뿐만 아니라 세계수의 잎사귀는 가지고만 있어도 몸의 치유 속도를 높여준다.

뿌리는 유니크 등급의 무구가 될 정도로 뛰어난 재료였다.

무엇보다 세계수가 있으면 자연종의 마수에게서 돌연변이, 특이체가 생길 가능성이 대폭 올라간다.

알아서 천혜의 요새가 완성되는 것이다.

오쿨루스는 세계수를 어찌 틔웠는지에 대해 휘하의 공작들에게마저 함구했다.

그 뒤로 많은 이가 도전했으나 족족 실패하고 말았다.

나라고 그 방법을 알 리가 없다.

'운이 좋으면 틔우겠지.'

기대가 많으면 실망도 큰 법.

나는 처음부터 세계수에 관해선 관심을 접어버렸다.

"반드시 세계수가 싹을 틔울 수 있도록 노력을 아끼지 않겠습니다."

줄리엄의 어조는 진지하기 그지없었다.

다크 엘프도 결국은 엘프다.

그들이 직접 세계수를 틔운다면 그 자부심은 이루 말할 수 없을 것이다.

마계에 존재하는 세계수는 고작 둘이 전부였다.

하지만 강력한 다크 엘프만이 그곳에 사는 걸 허락받을 수 있었고 이들은 그 장소에 들어가는 걸 거부당한 존재들이었다.

그렇기에 크리슬리가 더욱 보배처럼 느껴졌을 것이다.

어쨌거나 15층에 세계수가 생길 경우 그들은 직접적인 수혜를 받을 터.

그 열망만은 충분히 이해가 되었다.

가능성이 없다 하여 굳이 찬물을 끼얹을 필요는 없었다.

열심히 무언가를 이루려는 노력만큼은 칭찬을 받아 마땅했다.

그만큼 생산적으로 활동한다는 뜻이니까.

나는 턱을 쓸며 말했다.

"따로 내게 전할 소식은 없는가?"

"소식이라 하심은……?"

"얼마 전 새끼 두 마리가 태어났다고 들었다."

두 아이가 태어났다고 크리슬리가 매우 들뜬 표정으로 이틀 전 내게 전한 바가 있었다.

마력의 파장이 영향을 줬다면 무언가 짚이는 게 있을 터.

다크 엘프라고 피해갈 순 없었다.

줄리엄은 손뼉을 쳤다.

"아아! 쌍둥이 말이군요. 안 그래도 태아의 의식이 끝나면 그 즉시 던전 마스터께 보일 생각이었습니다. 마침 때가 되어가니 한번 왕림하셔도 좋을 듯합니다."

다크 엘프는 특별한 일에 반드시 의식이란 이름의 무언가를 행하곤 했다.

줄리엄은 매우 감격한 표정을 지어 보였다.

던전 마스터가 굳이 말하지 않았음에도 관심을 가졌다는 걸 그는 전혀 다른 의미로 해석한 듯싶었다.

오해를 풀어줄 생각은 없었기에 나는 고개를 끄덕이곤 입을 열었다.

"보도록 하지."

"바로 안내해 드리겠습니다."

이윽고 줄리엄이 지근거리의 다크 엘프에게 다른 이를 모두 소집할 것을 부탁했다.

던전 마스터의 행차를 무시할 순 없다고 본 것이다.

이런 인사치레도 썩 나쁜 기분은 아니라 내버려 두었다.

나는 줄리엄을 따라 천천히 이동하며 숲의 모습을 살폈다.

'세계수의 씨앗으로 만들어진 숲. 확실히 마력의 농도가 다르군.'

이 정도의 마력이라면 꼭 세계수를 틔우지 못하더라도 다크 엘프들에게 많음 도움을 주리라 확신했다.

아마 특이체도 조만간 출현하지 않을까 싶었다.

다크 엘프 하이어까지는 굉장한 욕심이고 상급 마수인 다크 엘프 로드의 재목만 출현하더라도 만족할 수 있었다.

10여 분을 걷자 초목을 엮어 만든 작은 집이 나타났다.

이곳이 이번에 새롭게 만든 다크 엘프의 거주지다.

이히의 똥 모양 구조물이 없는 걸 보면 내가 허락한 즉시 허물어버린 것 같았다.

"이곳입니다, 던전 마스터시여."

거주지의 중간점.

다른 집들과 다르게 유독 큰 장소가 존재했다.

"가장 질 좋은 나무와 풀을 엮어 만든 집입니다. 저희 다크 엘프는 막 태어난 아이를 3일간 이 집에 머물게 합니다. 그 날 딴 잎으로 이슬을 받아 먹으며 대지의 축복이 깃들 수 있기를 바라는 의식을 치르는 것이지요."

줄리엄이 따로 설명을 하였다.

이 집은 세계수의 대용인 것 같았다.

만약 씨앗을 발아시키는 데 성공한다면 이 집이 아니라 세계수 밑에서 3일간 의식을 치를 것이었다.

"확실히 좋아 보이는 집이군."

"던전 마스터께서 원하신다면 최상층에 이보다 큰 집을 올려드리겠습니다."

"흥미로운 제안이긴 하나, 이히가 가만히 있진 않을 것 같다."

"……요정님께선 확실히 불만이 있으시겠군요."

이히는 다차원 사고관의 소유자다.

이해할 수 없는 디자인을 직접 만들곤 천상의 업적인 양 여기곤 하였다.

평범한 나무집을 최상층에 올렸다간 매일 불평불만을 입 밖에 꺼낼지도 모른다.

"던전 마스터를 뵈옵니다."

"던전 마스터를 뵈옵니다."

내가 지나가자 근처의 다크 엘프 무리가 정중히 고개를 숙였다.

나는 그들을 무시하며 의식이 치러지는 집 안으로 들어 갔다.

바깥에서 봤을 땐 최소 2층은 되어 보였는데 그냥 지붕이 높은 1층집이었다.

커다란 나뭇잎에 감싸인 두 아이가 손과 발을 어기적거리 고 있었다.

"이번에 태어난 쌍둥이입니다. 한 명은 남아, 한 명은 여 아지요."

집 안에는 어른이라 할 다크 엘프가 없었다.

이로 보건대 의식이 끝나기 전까지 아무나 들어올 수는 없는 모양이었다.

가만히 다가가 두 아이를 살폈다.

"꺄아!"

"꺄르르~"

마력을 개방하지 않은 상태라서 그런지 아이들도 별다른 반감 없이 나를 바라봤다.

심안을 열어 두 아이를 확인했다.

이름 : 없음

직업 : 없음

칭호 : 없음

능력치 :

　힘 1

　지능 4

　민첩 1

　체력 2

　마력 13

　잠재력 (21/384)

특이사항 : 태어나고 51시간이 지났습니다.

스킬 : 없음

'이건……'

하지만 상태창을 보곤 가볍게 놀랐다.

두 아이는 상태창마저 판박이처럼 같았다. 그러나 내가 놀란 건 잠재력 부분이다.

이 정도면 다크 엘프 로드의 재목 아닌가.

크라스라나 크리슬리에 비하면 부족하지만 충분히 상급 5Lv로 책정될 자질이 있었다.

물론 잠재력이 전부는 아니다. 그래도 중요한 부분임은 분명했다.

'한국의 던전에 알맞은 번식종이 다크 엘프였나?'

아직 확정을 내릴 수는 없었다.

고작 두 명. 조금 더 많은 사례가 필요하다.

그리고 어쩌면 이 다크 엘프 부족만 유독 특이할 것일 수도 있었다.

다크 엘프 하이어를 한 명이나마 배출했고 진마룡마저 그 핏줄에 눈독을 들였기에 교배를 했을 가능성을 배제할 수 없는 것이다.

그 결과 크리슬리라는 걸출한 천재도 태어나지 않았던가.

'그저 좋은 피를 가진 이유일지도 모르지.'

가끔 있다. 몰락 부족이지만 좋은 피가 유전되어 종족의 한계를 뛰어넘는 특이체를 배출하는 경우가.

이 부족이 그러한 경우일 가능성을 배제할 수 없었다.

"저…… 던전 마스터시여."

줄리엄이 조심스럽게 입을 열었다.

나는 시선을 돌려 줄리엄의 눈을 바라봤다.

"말하라."

"아이들에게 이름을 지어주시지 않겠습니까?"

"이름을?"

의아함에 물었다. 누군가가 이름을 지어 달라고 한 것 자체가 처음이었다.

줄리엄은 진지한 눈초리로 답했다.

"그렇습니다. 던전 마스터께서 직접 이름을 하사하여 주신다면 두 아이에겐 큰 축복이 될 것입니다."

"노골적이군."

피식 웃고 말았다.

줄리엄의 의도가 뻔히 읽힌 탓이다.

크리슬리를 받아들인 이후로 그는 더욱 내 마음에 들고자 안간힘을 쓰고 있었다.

워낙에 노골적이라 얼굴을 붉힐 법도 하건만 줄리엄은 안면몰수의 대가였다.

나도 이런 자가 싫진 않다.

능력 없는 자가 이런 식으로 기회를 노린다면 머리부터 떼어내겠으나 줄리엄은 능력이 있는 부류다.

적어도 하나를 시키면 둘은 해결할 줄 알았다.

물론 내 허용 범위는 딱 여기까지다. 성과를 보이고 적당히 보상을 바라는 정도.

그 이상을 바라본다면 후일을 장담해 줄 수가 없다.

그런 미묘한 기색을 느꼈는지 줄리엄이 급히 무릎을 꿇고 이마를 바닥에 대었다.

"오, 오해이십니다, 던전 마스터시여. 저와 다른 다크 엘프 모두 자신의 주제를 파악하고 있습니다. 저희는 충실한 종, 충실한 노예지요. 제가 바라는 것은 그저 부족의 평안과 크리슬리의 행복일 뿐입니다. 그리고 던전에 와 처음 태어나는 아이들이 주인님께 이름을 하사받는다면 그것은 저희 부족에게 있어서 매우 영광된 일이라 생각했을 따름입니다. 결코 그 이상은 바라지 않습니다."

생각보다 태도가 극적이다. 이름을 지어 달라는 게 마냥 기회를 노리고 한 말은 아닌 듯싶었다.

일종의 습관이라 해야 할 것이다.

아주 그럴 의도가 없진 않았겠지만…….

내심 혀를 차곤 입을 열었다.

"일어나라."

척!

줄리엄은 굽혔던 무릎을 즉시 폈다.

나는 그에게 이어서 말했다.

"남아는 로이, 여아는 로제라 짓도록."

침을 꼴깍 삼키며 줄리엄이 물었다.

"뜻을 여쭈어도 되겠습니까?"

잠시 침묵했다.

노이로제(Neurosis)에서 따왔다고 하면 무슨 반응을 보일까?

줄리엄의 걱정이 신경과민증을 떠오르게 할 정도로 격했기에 붙여본 이름이다.

한번 개 취급을 하며 크게 벌을 준 영향인 듯했으나, 나를 어렵게 여긴다는 게 나쁘지는 않은 일인지라 가볍게 넘어갔다.

"용감하고 훌륭하다는 뜻이다."

"감사합니다. 앞으로 두 아이의 이름은 로이와 로제가 될 것입니다."

이름을 지어줬다는 게 중요하지 뜻이 중요하진 않았다.

두 아이가 나를 보고 방그레 미소 지었다.

던전의 특성상 빠르게 성장할 테고 몇 년이면 어엿한 다크 엘프의 모습을 보일 것이다.

잠재력을 모두 채우면 족히 수십만 포인트를 공짜로 먹는 것과 같았다. 앞으로 훌륭히 나를 위해 싸워줄 재원이 미워 보일 리 없다.

두 아이의 뺨을 한차례 톡톡 건드리곤 몸을 돌렸다.

"던전 마스터시여, 오늘을 기념하여 축제를 열 생각입니다. 참여해 주신다면 모두가 영광스럽게 여길 것입니다."

"되었다."

줄리엄이 약간 아쉬운 눈초리를 보였으나 두 번 권하진 않았다.

내가 반복해서 말하는 걸 싫어한다는 사실을 잘 알기 때문이다.

'이제 드워프들을 살펴봐야겠군.'

집을 빠져나가 7층으로 향했다.

애석하지만 드워프들 역시 별다른 점은 없었다.

그들은 열심히 머지않아 찾아올 인간 각성자들을 위해 집을 짓고 있었다.

공방을 만들고 여관을 세웠다.

따로 도구점 따위를 짓는 걸 보아선 제대로 해볼 작정인 듯싶었다.

과연 인간 각성자들을 쉬이 속여 넘길 수 있을지 모르겠지만 계획대로만 된다면 앞으로의 일이 훨씬 쉬워질 것이다.

'마수가 인간 각성자에게 퀘스트를 부여할 수도 있지 않을까.'

각성자는 매번 갱신되는 정규 퀘스트와 불규칙적으로 발생하는 비정규 퀘스트를 깨며 스킬, 아이템, 능력치 등을 올린다.

나는 이 '비정규'란 점에 주목했다.

특정 장소에 도착하거나 특정 인물 혹은 짐승에게 우연히 얻는 것.

어쩌면 마수가 인간 각성자에게 퀘스트를 주는 것도 가능하지 않을지 궁금증이 생긴 것이다.

그리고 그게 가능하다면…… 더욱 많은 각성자를 던전에 유치함과 동시에, 각성자들을 앞에서 뒤에서 완벽히 조종하는 게 가능해진다.

각성자들에게 있어서 퀘스트는 깨야 하는 것이다.

퀘스트로 정식 등록이 될 경우 그들은 오로지 보상 하나만을 위해 선악을 크게 구분하지 않을 가능성이 높았다.

말 그대로 '내 입맛'에 따라 각성자들을 움직일 수 있다는 뜻.

충분히 도전해 볼 가치가 있는 일이었다.

'문제는 여전히 번식종이로군.'

모든 게 순조롭다.

그러나 한 가지.

던전의 마력 파장과 맞는 번식종을 찾는 게 문제다.

'시간은 나의 편이다.'

그래도 조급하게 굴지 않기로 했다.

시간을 되돌아온 나이기에 확신할 수 있었다.

지금 이 고민하는 시간조차 결국은 내게 득이 될 것이라고!

나는 던전의 모든 마수를 아주 세밀하게 살피기 시작했다.

일본의 던전에 존재하는 마수들과 비교하며 행동 하나하나를 주시하였다.

굉장한 시간과 노력을 잡아먹는 작업이었지만 개의치 않았다.

오히려 시간 가는 줄 모르고 집중할 정도였다.

그리고 그 결과, 한국 던전에서의 특이점 한 가지를 찾을 수 있었다.

'짐승 계열의 마수가 더욱 활발하군. 미묘하게 잠재력도 높다. 번식의 속도 역시 상당하지.'

일본의 던전과 대비되는 점이다.

수백 가지의 표본을 살폈으니 틀림없었다.

'식육박쥐가 유독 던전의 1층에 기승을 부렸던 게 설명이 돼.'

식육박쥐의 이상 증식을 견제하고자 천적인 에일 스네이크를 풀었지 않았나.

그러나 단지 번식 속도만으로는 던전에 알맞은 번식종이라 할 수 없었다.

수많은 기준 중 하나일 뿐.

짐승 계열의 마수와 파장이 어울린다는 걸 알았으니 이제 다음 스텝을 밟을 차례였다.

'미노타우로스, 메머돈, 샤벨 타이거, 다크 베어.'

무려 4종의 번식종을 던전에 추가하기로 결심을 내린 것이다.

각자 특성이 뚜렷한 종이었으니 보다 확실하게 구분이 될 터였다.

미노타우로스는 소, 메머돈은 코끼리, 샤벨 타이거는 호랑이, 다크 베어는 곰이다. 그리고 모두 중급 3Lv의 마수다.

막대한 지출이었지만 필요한 과정이었다. 어차피 이 마수들이 번식하면 자연스럽게 비용 절감이 된다. 따지고 보면 투자이지 손해는 아니었다.

그렇게 막 네 가지의 마수를 던전에 추가했을 때였다.

[대단한 업적! 최초로 15종 이상의 번식종을 한 던전 내에 '적절히 번식 가능한 숫자'만큼 풀어놓았습니다.]

[600,000pt가 지급됩니다.]

확실히, 손해는 아니었다.

'이런 업적도 다 있군.'

나는 다소 흥미로운 눈빛으로 허공에 뜬 메시지를 바라봤다.

최초 업적.

일반적인 업적보다 보상이 크다.

무려 600,000포인트나 들어왔다.

마수를 구매하는 데 들어간 포인트의 상당 부분을 복구할 수준의 수치였다.

'번식종에 관한 업적이 이 하나만은 아닐 텐데……'

가만히 턱을 쓴다.

이왕지사 종을 늘리기 시작했으니 관련된 업적은 전부 얻고 싶었다.

최초 업적의 독식!

바라는 거라곤 그뿐이었다.

언제 발견될지 모르고 남 주긴 아까운 업적들을 싹 쓸어 담는다면 포인트 벌이가 괜찮을 것 같았다.

포인트 외의 다른 부가적인 수입을 얻을 수 있을지도 모른다.

'도전해 봐야겠다.'

한번 시작하면 끝을 봐야 한다.

이번 일 역시 마찬가지다.

한쪽 입꼬리를 말아 올리며 어찌하여 업적을 얻을지에 관해 고민하기 시작했다.

Dungeon Hunter

[놀라운 업적! 최초로 '혼종 교배'에 성공하였습니다.]
[350,000pt가 지급됩니다.]

탁!

손뼉을 친다.

예상대로의 결과다.

웨어 울프와 크레이지 하운드를 교배시켜 혼종을 만드는 데 성공한 것이다.

같은 개과의 마수여서 어렵진 않았다.

물론 던전 마스터의 절대적인 권한이 없었더라면 거의 불가능한 일이다.

웨어 울프는 고고한 늑대.

고작 최하급 마수인 크레이지 하운드 따위와 교배를 할 리 만무했다.

하지만 일단 교배에 성공할 경우 새끼에 관해선 관대해지는 것이 개과의 마수이다.

나는 눈을 돌려 실핏줄 가득한 새끼를 바라보았다.

태어난 혼종은 말 그대로 잡종이었다.

'리틀 웨어 울프'라는 이름처럼 기본 토대는 웨어 울프이지만 크기가 작고 다리가 짧았다.

잠재력도 고작 하급 마수 수준으로 크게 기대할 바는 못 됐다.

하지만 중요한 건 '업적'을 달성했다는 것.

크게 포인트를 들이지 않고서 이만한 수익을 얻었다.

35만 포인트면 족히 두 달 반은 걸려야 모을 수 있는 값이다.

현재 일본에서 벌어들이는 포인트가 한 달에 4만.

한국은 11만 선이라는 걸 감안하면 확실히 굉장한 소득이었다.

'슬슬 다음 마계 옥션에 대비해서 준비를 할 생각이었는데 잘됐군.'

1차 마계 옥션 이후 벌써 9개월이란 시간이 지났다.

정령계에서도 다음 경매 물품의 준비를 끝냈을 무렵일 터.

드보롱이 내게 연락할 시간이 다가오고 있다는 뜻이다.

'그리고 마계 옥션 전에 세계적으로 대규모 몬스터 웨이브가 일어날 테지.'

마족들이라고 아무런 준비도 하지 않을 리 없었다.

처음에야 아무것도 몰라서 무방비로 당했다지만 관찰 계열 스킬을 익히고 포인트를 모으는 중일 것이었다.

그리고 몬스터 웨이브를 통해 조금이라도 더 많은 포인트를 확보하려고 할 것이었다.

민간인보단 몬스터 웨이브를 막으려는 각성자를 사냥하려는 게 주목적이다.

나 역시 한국의 각성자 수백을 이끌고 그들을 먹이 삼아 일본을 쑥대밭으로 만들며 벌어들인 포인트가 상당했다.

거의 50만 포인트에 육박하니…….

그래서 현재 보유한 잔여 포인트만 270만이 살짝 넘는다.

본래라면 320만이 넘게 남아야 정상이나 일본 던전에 30만, 또 얼마 전 드워프 40마리를 충원하며 20만 포인트를 사용했다.

그리고 앞으로 3개월간 가만히 숨만 쉬고 있어도 두 던전에서 45만 포인트가 들어올 예정이었다.

여기에 종에 관한 업적 몇 개를 더 찾으면 400만 포인트도 어렵지 않으리라 내다보았다.

2년 차에 400만 포인트라!

능히 최상급 마수도 살 수 있는 포인트 액수다.

자연스럽게 입가가 뒤틀렸다.

다른 마족들은 얼마나 모았을까?

'1년 내내 포인트를 사용 안 했다면 기껏해야 80만 수준.'

하지만 아예 포인트를 사용 안 할 마족이 있을 리는 없었다.

확신할 수 있다.

포인트를 사용할 곳은 넘쳐난다.

자기 강화, 던전의 보강, 마수의 구입, 각종 실험 내지 시도 등으로 빠져나가는 포인트를 감당하려면 등골이 휜다.

굳이 확실치 않은 마계 옥션에 모든 걸 걸려는 마족은 없다.

아직은 2년 차라서 더욱 그렇다.

그래도 만에 하나를 위해 기본적인 준비는 했겠지만…….

400만에는 한참 못 미친다.

몬스터 웨이브를 일으킨대도 마찬가지다.

나는 수백의 각성자를 선동하여 그들을 따로 끌고 왔다.

그들을 끌고 오지 않았다면 기껏해야 15만 안팎의 포인트를 벌어들이는 데 그쳤을 것이다.

'몬스터 웨이브보단 최초 업적을 독식하는 게 훨씬 이득이다.'

'번식종'에 관한 최초 업적이 이게 전부는 아닐 테다.

아직 내가 모르는 업적이 넘쳐날 게 분명했다.

그것을 전부 독식할 수만 있다면 마계 옥션이 열리기 전에 400만 포인트 이상을 벌 수 있을지도 모르는 일이었다.

Dungeon Hunter

1개월이란 시간이 더 지났을 때 나는 무려 두 가지 업적을 동시 달성할 수 있었다.

여러 메시지 창이 허공에 동시에 떠올랐다.

[믿기지 않는 업적! 최초로 파이록 성체 '20마리'를 성장시키는 데 성공했습니다. 파이록의 유충이 성체가 될 확률은 1% 미만. 그 극악한 생존 탓에 만물상점에서도 팔지 못하는 마수입니다.]

[450,000pt가 지급됩니다.]

[훌륭한 업적! 최초로 변형된 지대에 '5가지 종'의 마수를 '적절히 번식 가능한 숫자'만큼 풀어놓았습니다.]

[300,000pt가 지급됩니다.]

용암지대에 파이록 20마리와 파이어 라바, 파이어 슬라임, 용암 거미, 불꽃 도마뱀 등의 하급 마수를 풀어놓자 위와 같은 업적이 동시에 생겨난 것이다.

이로써 330만 포인트.

계산대로 착착 진행되고 있었다.

굳이 용암지대가 아니라 '변형된 지대'라고 메시지가 뜬 걸 보면 다른 지대에 다른 번식종을 여럿 소환한들 또 업적이 나타나지는 않을 듯싶었다.

어쨌거나 매우 만족스러운 결과였다.

그리고 내가 막 흐뭇하게 웃고 있을 그 순간이었다.

[업적 퀘스트 - 번식종]

[관련 업적 점수가 1,000점 이상인 던전 마스터에게만 허용되는

퀘스트입니다.]

[던전의 마력 파장과 최대한 일치하는 마수를 찾아 번식시키십시오.]

[기한은 45일. 마력 파장과 마수의 일치율, 번식된 마수의 숫자에 따라 보상이 달라집니다.]

"……."

미소가 지워졌다.

'업적 퀘스트?'

자연스럽게 고개가 기울었다.

'특수 퀘스트'는 들어본 적 있지만 '업적 퀘스트'는 또 처음 보았다.

특수 퀘스트는 일정 시간이 지나면 자동적으로 갱신되는 퀘스트다.

각성자와 마족 전체에게 뜨는 광범위한 내용도 있었고 마족에게만 해당되는 것 또한 있었다.

하지만 그 외에 마족이 퀘스트를 부여받을 일은 없다.

아니, 없다고 생각했다.

'번식종 관련 업적을 4개나 달성해서 그런가?'

확실히 흥미로운 부분이다.

게다가 퀘스트의 내용도 마침 내가 하려는 일과 별다를 게 없었다.

'아돌은 퀘스트를 받지 못했겠지.'

일본의 던전에 어울리는 번식종은 고블린.

하지만 아돌은 퀘스트를 받지 못했으리라 확신했다.

일단 관련된 업적을 여럿 깨야 하는데, 관심이 없다면 불가능한 일이었다.

그의 던전의 상태를 보아하니 그럴 리도 없었다.

나는 재차 허공에 뜬 메시지를 읽다가 고개를 끄덕였다.

'이것부터 해결해야겠군.'

미리 풀어두었던 짐승형 마수의 대부분이 활발하게 활동하며 빠르게 세를 넓히고 있었다.

숫자는 크게 다를 바가 없었지만 움직임은 확연하게 차이가 났다.

단순히 번식률이 좋다고, 변이체가 많이 태어난다고 마력 파장과 알맞다고 할 순 없었다.

마력이란 근원이다. 그 근원에 어울리는 존재라면 행동 자체에서 뭔가가 다를 수밖에 없다.

본래 짐승형 마수들은 자신의 주거지를 벗어났을 때 쉬이 적응하지 못한다.

어느 정도 시간을 두고 적응한 뒤에야 슬금슬금 발을 디디는 것이다.

그러나 마력 파장이 맞는다면 던전 자체가 아늑한 집과 다를 게 없다.

굳이 주변을 살피고 적응할 시간 자체가 필요 없었다.

그런 종이 세 개.

미노타우로스와 샤벨 타이거, 다크 베어다.

메머돈은 위의 셋과 달리 매우 편치 않은 모습을 보였다.

영역 확장에도 소극적이었고 움직임이 미묘하게 부자연스러웠다.

자주 속을 게우거나 변을 보는 것도 안절부절못했다.

하여 나는 메머돈을 제외시키기로 결정했다.

세밀하게 관찰해서 나온 결론이었다.

'번식하여 낳는 새끼를 살펴보면 얼추 답이 나올 것이다.'

변수 중 하나를 줄였으니 이제 나머지를 쳐낼 차례였다.

우선 따져 볼 건 크게 네 가지였다.

번식률이 괜찮은가?

잠재력이 같은 종과 비교하여 평균적으로 높은가?

특이체의 유무와 성장 속도는 어떠한가?

'사례가 부족해.'

보다 확실한 결과를 내기 위해 나는 마수들의 숫자를 두 배로 늘렸다.

이렇게 구입한 숫자는 '번식'이 아닌지라 퀘스트에는 포함되지 않는다.

하지만 기한이 길지 않다.

고작 45일 내에 결론을 내리고 집중적으로 변식시켜야 함이었다.

보상을 알 수 없을 상황에서 40만 포인트 이상을 사용했다.

다른 마족이 보았다면 미쳤다며 욕지거리를 내뱉어도 이 상하지 않았다.

하지만 모험 없이 길을 개척할 순 없는 법.

처음으로 뜬 업적 퀘스트이니 충분히 투자할 가치가 있 었다.

'번식률을 높이려면 적이 필요하지.'

거기서 그치지 않고 나는 더 과감하게 나아갔다.

천적을 들이기로 결심한 것이다.

천적의 존재에 따라 번식률이 최대 두 배까지 차이가 난다 는 걸 이미 확인한 바가 있었다.

그만큼 죽기는 하겠지만 지금 내게 필요한 건 성체가 아니 라 새끼였다.

고민하지 않고 즉시 대량의 오크를 풀었다.

오크는 하급 마수지만 숫자가 많다.

세 가지 종 모두 중급 3Lv의 마수지만 숫자가 적으니 충분 히 위협이 될 터였다.

번식률 외에도 그들의 싸움을 관찰하면 더 많은 정보를 얻 을 수 있을 것이었다.

취이익!

취이이익!

수십의 오크가 한데 뭉쳐 거친 콧김을 내뿜는다.

처음에는 수백에 달하던 무리도 고작 이것밖에 남지 않

았다.

주변은 어두컴컴했고 사방에 적이 도사리고 있었다.

그림자처럼 다가와 동료를 낚아가는 통에 대비하기가 쉬운 일이 아니었다.

"샤벨 타이거! 취익!"

한 오크가 짧게 외쳤다.

바로 오크 무리를 위협하는 종의 정체였다.

처음에는 숫자로 밀어붙여 몇 마리의 샤벨 타이거를 사냥하는 데 성공했다.

그날은 오크 모두가 배부르게 먹었고 마지막 일격을 가한 오크는 영웅 대접을 받았다.

하지만 다음 날부터 주변의 오크가 하나둘 사라지기 시작했다.

수십의 오크가 증발한 다음에야 샤벨 타이거의 역습이 시작되었음을 깨달을 수 있었다.

이후 매일이 목숨을 건 사투의 연속이었다.

하나, 오크는 하급 마수. 레벨도 높지 않은 축에 속했다.

어둠 속에서 은밀하게 활동하는 샤벨 타이거를 당할 수는 없었다.

물론 샤벨 타이거 역시 피해가 없다고는 할 수 없었지만, 결국 오크들을 벼랑 끝에 몰리게 하는 데 성공하였다.

그르아아!

"취, 취익!"

확실한 우위를 잡았다고 생각한 걸까?

샤벨 타이거들이 그림자 바깥으로 모습을 드러냈다.

사방으로 조여 오는 강렬한 살기!

오크들은 더욱 가냘프게 몸을 떨어댔다.

나는 미노타우로스와 샤벨 타이거, 다크 베어가 오크들을 상대로 어떠한 행동을 보이는지 수정구를 통해 관측하며 턱을 쓸었다.

가장 압도적인 모습을 보여준 건 샤벨 타이거다.

미노타우로스와 다크 베어는 새롭게 출현한 적을 두고 흔들리는 모습을 보였다.

정신을 차리고 오크에게 반격을 개시한 시간에 차이가 있었다.

속전속결.

가장 먼저 오크를 몰살시킨 것 역시 샤벨 타이거였다.

기동력이 훨씬 좋다고는 하나 샤벨 타이거는 확신 없이는 움직이지 않는 마수다.

오크들의 역량을 누구보다 빠르게 파악할 정도로 여유가 있었다는 뜻이다.

'아쉽게도 특이체는 태어나지 않았지만……. 잠재력에 차이가 있다.'

미노타우로스, 샤벨 타이거, 다크 베어는 모두 중급 3Lv의 마수다. 능력치 총합이나 잠재력이 비슷비슷할 수밖에 없었다.

그러나 새롭게 태어나는 샤벨 타이거의 잠재력 수치가 평균적으로 10%가량 높았다.

이쯤 되자 어느 정도 확신을 내릴 수 있었다.

'샤벨 타이거로군.'

한국 던전에 어울리는 번식종이 샤벨 타이거로 낙점된 순간이었다.

길고 날카로운 송곳니.

어둠을 이용할 줄 아는 빠르고 은밀한 짐승!

특히나 산이 많은 지형에 능해 이곳 한국과 안성맞춤이었다.

나는 즉시 지형 변경을 시도했다.

마력 파장과 맞는 데다 주변 환경마저 비슷하다면 조금 더 번식률이 높아질 거란 기대감에서였다.

"이히, 18층 전체를 산간지대로 설정하려면 몇 포인트가 들지?"

그 옆에서 가만히 손가락을 빨며 나를 지켜보던 이히가 고개를 갸웃했다.

"산의 개수나 높이 등에 따라서 조금 달라지지 않을까요?"

"굽이치는 산맥처럼 만들 경우엔?"

너른 산맥.

샤벨 타이거가 활동하기에 최적화된 장소다.

이히가 손가락 열 개를 전부 펴더니 하나하나 접기 시작했다.

"마스터, 이히가 계산을 해봤는데요. 25만 포인트 정도가 들어요."

"설정하도록 하지."

"그거야 어렵지 않지만요. 조금 아깝지 않을까요? 샤벨 타이거 숫자가 지금 너무 적잖아요."

"숫자는 늘리면 된다."

만물상점에서 나는 샤벨 타이거 100마리를 추가로 구입했다.

과감한 결단이었다.

제아무리 업적 퀘스트가 존재한다 해도 보상이 미지수인 지금 상황에서 50만 포인트가량을 쏟아붓는다는 건 누가 봐도 미련한 짓이었다.

여기에 지형 변화까지 꾀하면 거의 80만에 달하는 소비.

하지만 그것은 일반적인 마족에게나 그렇다.

나는 그들보다 잔여 포인트가 많다.

다른 마족이라면 전 재산의 수준이겠지만 나는 이 정도의 소비를 '투자' 개념으로 사용할 수 있었다.

언제 다시 찾아올지 모르는 기회.

굳이 보상이 사용한 포인트에 못 미친다한들 업적 퀘스트를 조금 더 잘 알게 되는 계기가 된다.

게다가 이런 유의 퀘스트라면 필시 따라오는 최초 업적 하나가 더 있을 터였다.

'다른 마족이 업적 퀘스트를 진행해서 완료했다고 생각하진 않아.'

그것까지 계산하면 크게 손해는 안 난다.

이히의 눈이 휘둥그레졌다.

"마, 마스터! 무슨 일 있으세요? 기분이 나쁘다고 포인트를 막 쓰면 나중에 후회할 텐데요. 이히가 확신해요. 마스터 몰래 숲 지형을 조금 만들다가 다음 날 엄청 후회했…… 힙!"

이히가 급히 입을 틀어막았다.

그러나 굳이 말하지 않아도 이미 알고 있는 바다.

다른 요정들은 장난기가 많아서 거짓말도 곧잘 한다는데 이히는 오히려 그 반대였다.

거짓말이 무척 서툴러서 진심이 마구 튀어나오곤 했다.

"지형을 변화시키도록."

"아, 알겠어요. 이히히."

무사히 넘겼다고 생각했는지 이히가 어색하게 웃었다.

"지형 변화 먼저 하고 이히가 꿀 차를 맛나게 타드릴게요."

일본 원정에서 돌아왔을 때 다시는 타주지 않겠다고 하지 않았던가?

'잊어버렸겠지.'

사소한 건 자주 잊는 종족이 요정이다.

그리고 애당초 양봉이란 건 주변에 숲이 있어야 가능했다.

15층의 숲 지형은 얼마 전 생겨났으니 이히가 만든 게 따로 있다는 뜻.

뭐, 수정구로 확인도 끝낸 상태이긴 하였다.

포인트를 횡령한 죄는 무거우나 그다지 과소비는 아니었는지라 가만히 넘어가 주었다.

꿀 차도 맛있고.

적어도 이히에게 한해선 다른 이보다 낮은 잣대를 들이밀 수 있었다.

그것을 아는지 모르는지 이히의 얼굴에선 '이히히' 하는 웃음소리가 떠나질 않았다.

과연, 지형이 변화되자 번식률이 눈에 띄게 늘었다.

여기에 적절히 적이라 할 수 있는 마수를 투입해 주니 시너지 효과가 나타났다.

그러나 시간이 많지 않다.

남은 일수는 30일.

그간 배 속에 최대한 많은 새끼를 배게 만들어야 했다.

던전 마스터의 마력을 개방하는 방법도 없는 건 아니지만 부작용이 크다.

수정이 안 될 가능성이 높았고 절제를 못해 상대 마수가 죽는 일이 허다하다.

웨어 울프를 통해 확인한 사실이었다.

지금처럼 자연적으로 최대한 번식하게 유도하는 것이 내가 해줄 수 있는 전부였다.

던전의 내정에 힘쓰며 하루하루를 보내고 있었던 어느 날.

품 안에 넣어둔 드보롱의 돌멩이가 빛을 발했다.

'드디어 연락이 왔군.'

나는 돌멩이를 꺼내 쥐었다.

이후 마력을 조금 흘려 넣자 상대의 목소리가 튀어나왔다.

―랜달프 브뤼시엘 님, 저를 기억하십니까? 드보롱입니다. 마계 옥션에서 경매를 담당했던 자.

고개를 끄덕였다.

"기억한다."

―어휴! 다행입니다. 저를 잊으셨으면 어쩌나 하고 얼마나 걱정을 했는지! 사실 정령계를 벗어나 이렇게 따로 연락을 드리는 건 금기시되어 있어서 지금에야 연락을 드리게 됐습니다. 랜달프 님께선 저희 경매장의 최고 고객이시니까요. 하하.

"인사치레를 하려고 연락한 건가? 그렇다면 조금 실망이군."

―아니, 설마요? 제가 '선물'이라 하지 않았습니까? 이런 돌멩이 따위가 전부라면 저라도 섭섭할 겁니다. 저는 랜달프 님이 보다 확실하게 이득을 취할 수 있는 진짜 선물을 드릴 생각입니다만……. 혹시, 경매 물품의 목록을 미리 알 수 있는 방법이 있다면 어쩌시겠습니까?

바로 본론이다.

내가 바라던 내용과 정확히 일치했다.

"그건 조금 관심이 가는군."

―하하! 그럼 이야기가 편해지겠습니다. 사실 선물이라고는 했지만 교환에 가까울 겁니다. 그렇다고 랜달프 님이 손해 보는 일은 아니니 걱정은 마십시오.

"바람잡이 역할은 톡톡히 해주지."

―역시! 역시 랜달프 브뤼시엘 님! 다른 꽉 막힌 마족들과 달리 말이 통하십니다. 조속히 목록을 보내드리겠습니다. 시스템의 감시망을 피해서 종이 한 장 보내는 것도 사실 엄청 힘든 일입니다만, 랜달프 님은 저희의 VIP 고객이시니까요.

생색내기에 불과했지만 저 말은 사실이었다.

사실상 정령계에서 이쪽의 차원에 접근할 수 있는 수단은 거의 봉쇄되어 있었다. 그것을 뚫고 종이 한 장이나마 건네려면 나름의 도박이 필요했다.

'그러나 필요한 일이지.'

나만큼이나 마족들에게 가시가 되는 존재는 없다.

바람잡이 역할은 톡톡히 해줄 수 있다는 뜻이다.

그것만으로도 어둠의 정령들은 나를 특별히 여길 수밖에 없었다.

포인트는 그들의 '격'을 높이는 데 필수적인 요소니까.

하물며 내가 몇 포인트를 잔여로 남겨뒀는지 알게 된다면 그 태도는 더욱 극진하게 변하리라 확신한다.

하지만 말하지 않았다. 그들이 알게 되면 내가 구매할 법한 것의 경매 시작가를 확 높여 버릴지도 모르는 일이었다.

잠시 후 던전 코어 옆의 공간이 일렁이며 종이 한 장이 낙엽처럼 떨어져 내렸다. 그곳엔 글씨가 가득했는데 모두 100가지 경매 물품의 이름이었다.

"확실한 것 같군."

―잘 부탁드리겠습니다.

"나야말로."

서로가 윈-윈 할 수 있는 완벽한 체계의 구축!

아무도 눈치채지 못할 비밀스러운 협약이 맺어진 순간이었다.

경매 물품의 내역을 받았다고는 하나 이름만 보고 파악할수 없는 물건도 꽤나 많았다. 하지만 내가 아는 물건에 한정해서 나는 효율적으로 포인트를 분배할 수 있었다.

'이번 경매에서 살 물건이 꽤 많군.'

경매 물품 하나하나를 읽어 내려가며 턱을 쓸었다.

과연 2년 차는 1년 차보다 더욱 좋은 물건이 많았다.

하지만 최상급 마수와 같은 것은 보이지 않았다.

그만한 격의 마수를 잡으려면 어둠의 정령들도 상당한 출혈을 감당해야 했으니 이해는 되었다.

물론 확신할 순 없다.

내가 모르는 최상급의 마수가 존재할지도 모른다.

아니면 크라스라와 같이 특별한 종이 경매에 나타날 수도있었다.

어쨌거나.

'이번 업적 퀘스트의 보상에 따라 구매할 수 있는 폭이 달라지겠지.'

나는 가만히 던전 수정구를 응시했다. 대부분 암컷 샤벨타이거의 배에 두툼하게 살이 올라 있었다. 오늘로서 퀘스트만료 기간인 30일째가 채워진다. 샤벨 타이거가 한 번에 최대 네다섯 마리의 새끼를 품는 고로 적어도 100마리 이상이 태어나리라 기대가 되는 상황이었다.

나는 가만히 그 시간이 다가오길 기다렸다.

머지않아 허공에 여러 개의 메시지 창이 떠올랐다.

[업적 퀘스트 - 번식종이 완료되었습니다.]

[던전의 마력 파장과 샤벨 타이거의 일치율은 '99%'입니다.]

[총 166마리의 새끼를 번식하는 데 성공했습니다.]

[중급 3Lv의 마수임을 감안하여 보상을 계산 중입니다.]

[기본 보상 1,500,000pt와 추가 보상 1,717,768pt가 지급되었습니다.]

'퀘스트 하나에 320만 포인트라…….'

기본 보상이 상당하다.

마족을 최초로 죽였을 때조차 200만이었다는 걸 감안하면 절로 고개가 끄덕여지는 수치다.

거기다가 추가 보상은 기본 보상을 뛰어넘었다. 이미 이것만으로도 여태껏 투자한 이상의 이득을 얻었다.

내 수중에 존재하는 포인트는 어느덧 570만에 육박했다.

처음 상정한 400만을 훌쩍 넘어버린 것이다.

하지만 이게 끝이 아니었다.

[믿기지 않는 업적! 최초로 '업적 퀘스트'를 완료했습니다!]

[업적 퀘스트는 관련 업적 점수가 일정 이상일 때 발생하는 '보너스'의 개념으로 사용자의 플레이에 따라 상상 이상의 보상을 취득할 수도 있습니다.]

[800,000pt가 지급됩니다.]

650만!

"허."

너무 어이가 없어서 웃음조차 나오지 않았다.

Dungeon Hunter

마계 옥션이 열리기까지 남은 시간은 15일.

그 시간마저 아깝다. 놀고 있을 틈은 없었다.

나는 크라스라와 함께 오랜만에 던전을 빠져나와 천명회로 향했다. 길드 하우스의 2층에 다다르자 데빌헌터 공격대의 모든 대원이 커다란 벽걸이 TV를 응시하며 숨을 죽이고 있었다.

"세상에. 진짜 세상이 망하려는가 보다."

"몬스터 웨이브가 서른 곳에서 동시다발적으로…… 어휴!"

유은혜가 눈망울을 적시며 이지혜에게 말했다.

"언니, 우리도 움직여야 하는 거 아니에요? 곳곳에서 도움 요청이 쇄도하고 있대요. 아까 길마가 저한테 한숨 쉬면서 말하더라고요. 어찌해야 할지 모르겠다고."

이지혜가 고개를 저었다.

"그들이 바라는 건 우리가 아니라 공대장님일 거야. 우리가 가서 큰 도움이나 되겠니?"

"그래도…… 벌써 죽은 사람이 다섯 자리를 넘긴다니까."

"너 얼마 전에 던전 공략하다 죽을 뻔한 거 잊었어? 얘는 겁이 없는 거야, 아니면 자기 목숨을 하찮게 여기는 거야?"

"그럼 지켜보고만 있어요? 힘 있는 자가 없는 자를 지키는 건 당연한 거잖아요."

둘 다 걱정이 이만저만이 아닌 표정으로 열띤 토론을 벌였다.

쿵!

지켜보던 크라스라가 창을 바닥에 내려쳤다.

동시에 대원들의 시선이 돌아갔고 나를 발견하자 눈을 크게 떴다.

"공대장님!"

그들의 얼굴엔 저마다 반가움이 담겨 있었다.

한국에서 일어난 2차 몬스터 웨이브 이후 내가 직접 모습을 드러낸 건 처음인 탓이다.

"대체 어디를 갔다가 오신 거예요?"

이지혜가 투덜거렸다.

아랑곳 않고 말했다.

"우리 데빌헌터 공격대는 지금 이 시간부터 각국의 몬스터 웨이브를 막는 데 주력한다. 오늘 저녁 바로 이동할 것이니 모두 빠지지 말고 참석토록."

"역시 공대장님! 내가 이래서 공대장님을 좋아한다니깐~"

유은혜가 윙크를 날리곤 헤실헤실 웃었다.

그녀의 입장에서야 내가 정의의 사도처럼 보여도 이상할 게 없었다. 하지만 내 진정한 목적은 그런 게 아니었다.

'포인트 벌이의 목적이 강한 몬스터 웨이브다. 가만히 내버려 둘 수는 없지.'

막을 수 있는 한 최대한 막는다.

그것이 1차 계획이었다. 그리고 이왕지사 움직이는 김에 데빌헌터 공격대를 동원해 제대로 스포트라이트를 받을 작정이었다. 마족이 인류 최강의 용사이자 희망이 된다면 그것도 퍽 재밌지 않겠는가.

Chapter 18

15일 전쟁

Dungeon Hunter

미국 워싱턴주 록 크릭 공원(Rock Creek Park).

그곳 3,65㎢에 걸쳐 형성된 거대한 던전의 입구에서 수많은 마수가 쏟아져 나왔다.

거미형 중급 2Lv의 마수 아라크네 수백과 그 거미들을 다스리는 상급 3Lv의 마수 아라크네 퀸!

일반적인 거미와는 크기부터 달랐다.

그 한 마리, 한 마리가 2m 이상의 위용을 자랑했으며 퀸의 경우 일반적인 아라크네보다 두 배는 컸다.

아라크네들이 탐스러운 여덟 개의 다리를 움직인 그 순간, 주변의 군인들이 바짝 긴장하기 시작했다.

한국에서 일어났던 몬스터 웨이브는 유례없이 강력했고, 그러한 경우를 대비하여 미국은 군대를 대거 던전 주변에 투입시킨 것이다.

한마디로 만반의 준비가 갖춰진 상태.

"공격 개시!"

병사들이 일제히 총을 들어 아라크네를 공격했다.

수천, 수만 발의 총알이 아라크네의 외피를 건드리곤 후두둑 떨어져 내렸다.

일반적인 하급 마수였으면 모르겠으나 아라크네는 중급의 마수다.

총알 따위는 가볍게 막아낼 단단한 외피를 가지고 있었다.

콰르릉!

땅 밑에 묻어놓은 크레이모어가 일제히 터져 나가며 지상을 흔들었다.

총알과 달리 효과가 있었다.

키에엑!

불시의 기습. 몇 마리의 아라크네가 다리와 몸통을 잃고 주저앉았다.

이어 저격수가 저격총을 발포하여 아라크네의 눈을 맞혀 행동불능의 상태로 만들었다.

그 위에 전차의 포가 무더기로 쏟아져 내렸다.

아수라장이란 표현이 어울릴 정도의 광경.

마수의 열세가 예상되는 그때.

전장의 중심부에 선 퀸이 부지런히 신경다발을 움직이며 모든 감각기관을 일깨웠다.

곧 퀸이 무형무취의 명령 호르몬을 주변에 흩뿌렸다.

우왕좌왕하던 아라크네들은 일제히 퀸의 호르몬 냄새를 맡곤 발끝마디에 존재하는 감각 기관을 통해 크레이모어의 위치를 특정해 냈다.

거침없이 지뢰를 피하며 거대한 거미들이 진격했다.

이후 실젖에서 은빛색의 실을 무더기로 뿜어댔다.

"크아아아악!"

"사, 살이! 내 살이!"

실에 닿은 모든 게 녹아내렸다.

인간의 신체도, 탱크의 철갑도 가리지 않고 녹여 버리는 강한 산이 거미줄에 포함되어 있었다.

아라크네는 시속 80㎞ 정도의 빠른 속도로 인간들을 덮쳤다.

이어 강력한 턱을 이용해 머리나 신체 부위를 물어뜯곤 내뱉었다.

앞발 역시 가공할 무기가 되었다.

인간들의 연약한 신체는 칼과 같이 날카로운 앞발에 찢겨 나갔다.

"사격 지원 요청. 알파찰리 221 브라보델타 445 지점, 마수 이백여 마리와 접전 중. 근접 항공 지원 바람."

무전 요청이 끝난 즉시 주변에 주둔 중인 수백 기의 전투기가 날아올랐다.

전투기가 던전의 입구에 도달하는 데 걸린 시간은 3분여.

퉁! 퉁! 두두두두!

전투기들이 저공으로 비행하며 기총 사격을 개시했다.

합금 철판마저 뚫어버릴 수 있는 두꺼운 탄환이 아라크네에게 직격하였다.

여기서 다시 수십 마리의 아라크네를 저지할 수 있었다.

아라크네가 재빨리 대응하며 실을 내뿜었지만 닿지 않았다.

퀸은 여덟 개의 다리와 여덟 개의 눈알을 움직이며 하늘을 가득 채운 전투기들을 바라봤다.

키익, 키이익거리는 소리와 함께 명령 호르몬을 방출하자 모든 아라크네가 다리를 스프링처럼 축소하는 게 아닌가?

그리곤 눈 깜빡할 사이에 뛰어올랐다.

몸길이의 족히 백 배에 달하는 가공할 점프력!

콰칭!

전투기의 위에 앉은 아라크네가 날카로운 앞다리를 놀렸다.

창을 꿰뚫으며 순식간에 조종사의 목숨을 앗아갔다.

영국 런던(London).

모두가 잠들었을 늦은 저녁.

아무도 눈치채지 못하는 사이 몬스터 웨이브가 시작되었다.

철그럭. 철그럭.

다리 한쪽에 쇠고랑이 묶인 상급 3Lv의 마수 '그림자 죄인' 두 마리가 바닥을 쓸며 움직인다.

고오오오.

그 뒤로 백여 마리의 쉐이드가 달빛을 따라 이동했다.

스위스 베른(Bern).

반파된 도심가 중심부로 수백의 짐승이 모여들었다.

헥헥헥헥…….

늑대의 다리, 사자의 몸통, 개의 얼굴을 가진 중급 3Lv의 마수 키메라!

족히 300여 마리는 될 법한 키메라가 불타는 도심가의 중심부에 시체를 물고 날랐다. 이어 모든 키메라가 모이자 만찬을 즐기듯 시체를 물어뜯었다.

그리스 아테네, 덴마크 코펜하겐, 페루 리마, 아랍에미리트 아부다비, 터키 앙카라…….

세계 각지에서 시작된 몬스터 웨이브는 재앙이라 칭하기에 부족함이 없었다.

마수들은 인간들을 농락하며 존엄성마저 무참히 짓밟았다.

몬스터 웨이브의 강도는 나라마다 달랐고 피해 역시 천차만별이었다.

하지만 강력한 군대와 화력을 보유한 나라도 속수무책으로 당하는 경우가 생겨나자 각성자의 존재가 대두될 수밖에 없었다.

재앙을 마주하며 사람들은 영웅을 바랐다.

그 희망에 따라 각성자들이 움직이기 시작했다.

제일 강력하다 평가된 한국에서의 2차 몬스터 웨이브.

그로 인해 데빌헌터 공격대란 이름이 사람들의 입에 자주 오르내리게 되었다.

특히 베일에 싸인 그곳의 공대장에 관한 관심이 지대했다.

이는 한국에만 국한된 이야기가 아니었다.

세계의 수뇌부들은 모조리 한국을 주시하고 있었다.

던전의 주인이 출현하며 일어난 일련의 일들은 말 그대로 '사상 초유'였기 때문.

하지만 세계 각지에서 동시다발적으로 몬스터 웨이브가 일어나자 그들은 단순한 관심이 아닌 절박함을 가지고 데빌헌터 공격대에 지원을 요청했다.

아니, 정확하게 말하자면 데빌헌터 공격대의 공대장에게 지원을 요청한 것이었다.

상급 마수인 골렘을 거의 홀로 쓰러뜨렸으니……. 지금 군대가 처리하지 못하는 마수는 상급 이상의 마수뿐이고 유일하게 상급 마수를 처리한 그에게 기대는 건 당연한 수순이었다.

그 외에도 각성자라면 누가 가장 강한지에 대해 민감할 수밖에 없었는데 모두가 입을 모아 '데빌헌터 공격대의 공대장이 최강이다'라는 말을 아끼지 않는다.

하여 지원 요청을 받은 길드 마스터 김용우는 고민할 수밖에 없었다.

공식 선상으로 데빌헌터 공격대에 지원을 요청했지만 속내가 그렇지 않다는 걸 김용우가 모를 리 없었다.

문제는 정작 주인공이 없다는 점.

'언제까지 시간을 지연할 순 없다고. 정부에서 들어오는 압박도 장난이 아닌데.'

요즘 김용우의 전화기는 불통이었다.

전화만 받았다하면 억! 소리가 날 만한 인물들인지라 설렁설렁 넘어갈 수도 없었다.

하지만 그 중요한 인물들의 제안을 하나도 수락하지 못하고 고개를 저어야만 하는 현실에 김용우도 강렬한 스트레스를 받을 수밖에 없었다.

벌써 새치 몇 가닥이 배꼼이 모습을 드러냈을 정도다.

입술을 잘근잘근 깨물고 손톱을 아그작아그작 씹었다.

'나 혼자 결정하기엔 사안이 너무 커. 상급 마수를 우리가 무슨 수로 잡아?'

문제는 상급 마수다.

중급 마수까진 일반적인 군대로도 어찌 대응이 가능하다.

물론 그것도 숫자가 많아지면 불가능 쪽으로 급격하게 추가 기울어지긴 하지만 상급 마수는 아예 공격이 통하질 않았다.

핵을 떨어뜨리지 않는 이상 퇴치 불가능한 적이라고 판명된 마수.

그러나 던전은 하나같이 그 나라의 수도에 존재했고 핵을 떨어뜨린다는 건 말도 안 되는 일이었다.

하지만 각성자들 역시 아직 준비가 덜됐다.

상급 마수 하나를 잡으려면 정예 200여 명은 달라붙어야 겨우 어찌하지 않을까 싶을 수준이었다.

천명회 전원이 나선대도 한 마리가 한계.

그조차 50% 확률이다.

당연히 김용우의 미간에 깊은 골이 생길 수밖에 없었다.

발만 동동 굴리고 있을 그때.

벌컥!

문이 열리며 꿈에도 그리던 그 님이 나타났다.

나타난 이의 얼굴을 본 김용우는 양 다리에서 힘이 빠져나감을 느꼈다.

풀썩 주저앉으며 양손을 번쩍 들어 올렸다.

"오…… 나의 주인님!"

김용우의 반응을 보곤 눈썹을 찌푸렸다. 전신에서 벌레가 기어가는 느낌을 잠시나마 받은 것이다.

"지원 요청이 들어온 곳을 정확히 말해라."

내 말이 끝남과 동시에 김용우가 눈을 크게 떴다.

앞뒤 다 잘라먹은 내용이긴 했지만 빠른 눈치 덕에 알아들은 것이다.

어차피 불평불만을 해봤자 씨알도 먹히지 않는다는 걸 그간의 경험으로 알고 있었다.

그런 시간 낭비를 할 바엔 건실한 이야기를 나누는 편이 훨씬 효율적이라는 것도.

김용우가 자리에서 일어났다.

"흠흠. 미국과 영국, 스위스. 지금 당장 들어온 곳은 이 세 군데입니다."

"미국, 영국, 스위스라……."

"미국의 요청을 받아들이는 게 입장상 제일 이득이긴 합니다."

"선택은 내가 한다."

내 어조는 단호했다.

슬그머니 김용우가 입을 닫았다.

'셋 다 공작이 주둔하는 곳이로군.'

재밌는 건 미국과 영국, 스위스 모두 공작의 던전이 존재하는 곳이라는 것이다.

그곳에서 몬스터 웨이브를 일으켰다면 아주 작정을 했을 터.

2년간 나름 인간의 화력에 대해 데이터를 쌓았을 터이니 반드시 승리하리라 장담한 마수만 꺼내놨을 게 분명했다.

'지금 상황에서 아리엘과는 되도록 안 부딪히는 편히 좋다.'

그중 미국에서 몬스터 웨이브를 일으킨 공작은 대공 아리엘을 따르는 마족이다.

아리엘은 전생의 인연도 인연이지만 마족들과의 유대가 유독 끈끈했다.

또한, 아리엘 휘하의 마족들은 굉장히 집요한 구석이 있었다.

건드리면 몬스터 웨이브를 망친 이가 누구인지 조사할 것이고 끝내 내 정체가 드러날 수도 있었다.

드러난대도 공작 한 명쯤이야 역으로 잡아먹을 수 있지만 그러면 대공 아리엘이 눈치를 챈다.

그 즉시 나는 견제를 받을 수밖에 없었다.

그리된다면 한창 몸집을 불려야 할 시기에 제자리걸음을 반복하게 될 것이었다.

좋은 수는 아니다.

대공 아리엘과 연관된 마족을 공격하는 건 뒤로 미루는 게 나았다.

'영국에 주둔하는 공작이 스구프였지. 스구프 발훌라. 대공 우파 휘하의 마족.'

대공 우파.

여러모로 엮이는 일이 많은 마족이다.

나는 잠시 고개를 갸웃했다.

'우파의 휘하 마족들은 마계 옥션에 출입을 금지당하지 않았던가? 굳이 지금 시기에 몬스터 웨이브를 일으킬 필요가 없을진대.'

턱을 쓸며 고민하자 곧 답이 튀어나왔다.

'파간 그리울리가 모든 걸 뒤집어쓰게 한 거로군. 얍삽한 우파다워.'

그날 마계 옥션에서 일어났던 일련의 사건을 파간 그리울리에게 떠넘겼다면 이해가 되었다.

그로기 따위로는 일을 무마할 수 없었을 테고 공작인 파간이라면 충분히 납득할 수 있었다.

결국 명령에 따라 나를 막아선 파간 그리울리만 '새' 된 것이다.

하지만 진정으로 따라야 할 이를 착각한 그의 죄인 바, 동정심은 안 들었다.

나는 생각을 정리한 뒤 입을 열었다.

"데빌헌터 공격대는 영국으로 간다. 지금 당장 준비하도록."

대공 우파의 세 날개 중 일익을 담당한 파간 그리울리가 떨어졌다.

우파가 스스로 날개를 잡고 뜯어냈다.

나는 남은 두 날개 중 하나를 도려내 줄 작정이었다.

필시 던전의 주력 마수를 꺼내놨을 것인데, 그 마수들만 처리해도 복구하려면 상당한 시간이 걸릴 게 자명했다.

그리고 지금 시기에 그만한 피해를 입는다면 한참 뒤처질 수밖에 없다.

동시에 심히 궁금해졌다.

날개가 하나만 남았을 때 과연 우파는 날 수 있을까?

전용 비행기 하나를 전세 삼아 데빌헌터 공격대가 한국을 떴다.

영국은 데빌헌터 공격대가 요청을 받아들인 즉시 아예 비행기 한 대를 통째로 선물한 것이다.

그만큼 사안이 급박하다는 뜻이겠지만 내가 의뢰를 수락할지 확신할 수 없는 상황에서 미리 비행기를 준비시켜 놓은 철두철미함은 인정할 수밖에 없었다.

런던 히드로 공항까지 도달하는 데 걸린 시간은 정확히 8시간 30분이었다.

보통의 속도로 날아서 걸리는 시간보다 4시간은 더 빨리 도착한 것이었다.

여기서 20㎞가량과 떨어진 곳에 던전이 존재했다.

히드로 공항에 도착한 뒤 데빌헌터 공격대는 상징인 반쪽짜리 검은색 해골 가면을 착용하고 비행기를 빠져나왔다.

"환영합니다. 한국의 영웅들이여."

비행기 밑에서 영국 대사가 환영의 인사를 건넸다.

나는 악수 대신 본론을 꺼냈다.

"우리가 처리해야 할 마수는 어디 있지?"

절망 어린 아우성과 고통에 찬 신음이 도시 전역에 전염병처럼 퍼져 나갔다.

쉐이드가 주는 광기에 지배된 사람들이 칼을 들고 거리로 나섰으며 서로가 서로를 죽이는 끔찍한 참극이 빚어졌다.

"크하하!"

"죽어! 다 죽어버려!"

어른, 아이 할 것 없이 모두가 미쳐 날뛰었다.

아이가 작은 식칼로 노인의 다리를 찌르자 그 뒤에서 성인 남성 한 명이 쇠파이프로 아이의 머리를 내려쳤다.

여인이 그런 남성의 목을 깨물었다.

아수라장.

지옥이 있다면 이러할까?

쉐이드는 그림자에 기생하는 마수이고 인간의 정신을 갉아먹는 데 특화되어 있었다.

오로지 그 하나의 용도 때문에 중급 마수로 책정되었으니 가히 인간의 천적이라 할 수 있었다.

"왜, 왜 그래? 갑자기 다들 왜 그러냐구!"

하지만 쉐이드의 정신 지배가 모두에게 통하는 것은 아니다.

정신력이 유독 강한 이, 혹은 일정 수준 이상의 지능을 갖춘 각성자에게는 지배력이 반감된다.

그때, 그림자 죄인이 나섰다.

쩔그럭거리는 소리와 함께 철구를 들었다.

그림자 죄인은 쉐이드가 진화한 형태로 어째서 그들이 '죄인'이라 불리고 철구를 찼는지 아는 이는 없었다.

하지만 단순히 정신 지배에서 벗어나 그림자 죄인은 철구를 통해 막강한 물리력을 선사할 수 있었다.

철구를 들어서 휘두르자 닿는 모든 게 파괴되었다.

그것을 당황하며 주변을 두리번거리는 남자에게 크게 던졌다.

족히 수백 미터 떨어진 거리임에도 조준은 정확했다.

철구와 그림자 죄인을 잇는 철쇄가 길게 늘어졌고⋯⋯ 곧.

쿵!

소리와 함께 남자는 형체도 알아볼 수 없이 뭉개지고 말았다.

쾅! 콰쾅!

그것이 시발점이라도 되듯 하늘을 가로지르는 전투기 수십 대가 나타나 미사일을 갈겼다.

그러나 그림자 죄인도 엄밀히 따지자면 절반은 정신체.

마력이 담기지 않은 공격은 통하지 않았다.

휘리릭!

그림자 죄인은 또 한 가지 커다란 특징이 있었다.

1초 정도의 앞을 매우 높은 확률로 예지할 수 있는 것.

철구가 높게 날아 마치 생명체처럼 움직이며 전투기를 옭아맸다.

눈으로 좇기에도 버거울 속도로 움직이던 전투기였으나 그림자 죄인은 상급의 마수다.

일반적인 인지에서 벗어난 존재였다.

"이 괴물 같은 자식들!"

전투기 조종사의 마지막 단말마였다.

싸움은 일견 격렬해 보였다.

1초 후의 예지가 높은 확률로 가능하다 하더라도 그림자 죄인이 던진 철구가 무조건 맞는다는 보장이 없었다.

그리고 철구가 달린 철쇄의 유효 거리는 500m 남짓.

그 바깥에서 공격한다면 그림자 죄인으로서도 쉽사리 대처하지 못했다.

몇 기의 전투기가 스러지자 남은 조종사들이 그 거리를 파악하곤 물러났다.

하지만 사정거리 바깥으로 물러났대도 방법이 없진 않았다.

그림자 죄인과 쉐이드는 적어도 인간이 다루는 화기를 상대하는 데 있어선 최적의 조합이었다.

모든 조종사가 그림자 죄인에게 한눈이 팔린 사이, 쉐이드가 철구의 그늘에 숨어 순식간에 전투기와의 거리를 좁혔다.

이어 정신 지배가 발동했고 광기에 감염된 몇몇 조종사가 아군을 공격하기 시작했다.

대공은 금세 격전지로 변해 버렸다.

한번 바뀐 흐름은 다시 되돌릴 수 없었다.

조종사가 혼란하며 하늘을 방황하자 어느새 날아온 철구가 전투기를 박살 냈다.

시간이 지날수록 추는 급격하게 기울었다.

결국 희망을 걸었던 대공에서의 공격마저 격렬했을 뿐 유효타를 먹이진 못했다.

지상 부대는 물론 한 차례 각성자 부대도 투입되었으나 쉐이드 수십 마리를 잡은 게 전부인 상황.

"아아…… 신이시여!"

정신을 부지한 이들은 무릎을 꿇으며 목이 터져라 신을 불렀다.

눈을 감고 이것이 꿈이기를 바라고 또 바랐다.

그러나 마수들이 판을 치는 이곳이 현실이라는 걸 깨닫는 데에는 많은 시간이 걸리지 않았다.

강렬한 '고통'만큼 인간을 현실로 되돌리기 좋은 수단은 없는 탓이다.

모두가 강제로 현실에 되돌려져 삶을 부르짖을 찰나.

검은색의 해골 가면을 쓴 무리가 나타났다.

광기와 분노, 절망이 피어나는 곳.

나는 그 광경을 보며 감탄을 흘렸다.

우파의 휘하 공작인 스구프 발훌라는 인간의 약점을 정확히 꿰뚫고 있었다.

쉐이드를 이용할 생각을 하다니.

확실히 일반적인 인간에게 쉐이드만큼 효율적인 마수는 없을 것이다.

중급 마수로서는 부족하고 비싼 데다 번식조차 하지 못한다는 저평가가 지배적이라 어지간해선 안 쓰는 마수이건만 스구프는 아낌없이 구매한 것이다.

'그림자 죄인이라……'

거기다가 각성자를 처리할 상급 마수 두 마리도 내보냈다.

상급 3Lv의 150,000포인트나 하는 고가의 마수.

이 구성만 보더라도 이번 몬스터 웨이브에 50만 포인트 이상을 사용했다는 걸 알 수 있다.

장기적으로 내다보고 각성자들을 사냥하고자 통 크게 구입한 게 분명했다.

일반적인 마수는 평범한 인간들의 화력에도 때때로 당할 때가 있으니 이것도 일종의 투자다.

적어도 내가 이곳에 나타나지 않았다면 스구프는 쉐이드와 그림자 죄인의 조합으로 몇 년간 본전 이상의 포인트를 뽑아냈을 터였다.

하지만 막 시작도 하기 전에 계획이 파탄 난다면 스구프가 입을 피해는 막대하다.

그런 의미에서 스구프는 운이 없었다.

"쉐이드는 인간의 그림자에 기생한다. 지능이 30 이상인 자만 꾸려서 착란을 일으키는 사람의 그림자를 공격하라. 그 이하인 사람은 원거리에서 보조만 하도록."

"저기 저 철구를 돌리는 녀석은 가만히 놔둡니까?"

나는 고개를 내저었다.

"내가 맡는다."

"괜찮으시겠습니까?"

척 보아도 강렬해 보이는 두 마리다.

못해도 상급 마수이리라고 충분히 예측할 수 있었다.

"너 지금 우리 공대장님을 못 믿겠다는 거니? 에휴! 이래서 신입은."

유은혜가 혀를 쯧쯧 찼다.

몸에 흐르는 전류가 사라지고 조금 더 직설적인 성격이 된 유은혜였다.

나는 가만히 아비규환의 장소를 바라보다가 말했다.

"피해가 더 커지기 전에 막는다. 움직여라!"

올해 열 살이 된 에드워드는 폐허 더미 아래에 깔려 있었다.

느닷없이 시작된 부모님의 착란 증세.

갓난아기인 동생을 지키고자 급히 방의 문을 걸어 잠그고 숨죽인 채 있었건만 건물이 무너져 내린 것이다.

상황이 정리가 되질 않았다.

하지만 강렬한 공포와 함께 깨어날 수 있었다.

"루니? 루니, 어디 있어?"

이제 막 돌을 맞이한 루니의 이름을 불러봤지만 우는 소리조차 들리지 않았다.

에드워드는 입술을 꽉 깨물며 몸을 움직이려고 하였다.

그러나 움직일 수 없었다.

다리가 깔렸다. 아프진 않았다. 그래도 무서웠다. 공포가 몰려들었다.

에드워드는 고개를 내저으며 동생 루니의 행방을 찾고자 애썼다.

"제발, 루니……. 엄마랑 아빠가 무서워서 숨은 거야? 원래는 착한 분들이셔. 일을 하느라 힘들어서 잠깐 화를 내시는 거란다. 그러니 제발……."

루니는 태어날 때부터 에드워드가 키우다시피 하였다.

부모님은 항상 바빴기에 분유를 먹이고, 기저귀를 갈고 울면 안아서 진정시켜 주는 모든 일을 에드워드가 도맡아 한 것이다.

항상 집에 혼자 남아 외로웠던 에드워드에게 루니는 두 번 다시 없을 선물이었다.

다른 사람이라면 아이를 돌보는 것에 짜증을 느낄 수도 있겠지만 에드워드는 전혀 그렇지 않았다.

루니를 향한 모든 행위가 보람차기 그지없었다.

그러다가 무너진 건물 더미 사이에서 고사리 같은 작은 손을 발견했다.

"오…… 루니!"

하지만 몸을 움직일 수 없었다.

에드워드는 희망을 잃지 않고 입을 열었다.

"조금만 기다려. 우리를 구하러 사람들이 올 거야."

에드워드가 급히 고개를 돌렸다.

사람들이 서로 싸우고 피를 흘리는 광경이 그제야 두 눈에 들어왔다.

철구를 휘두르는 괴물도 있었다. 건물이 무너져 내렸고 사방에 시체가 널렸다.

에드워드는 아직 죽음의 개념이 확고히 자리 잡지 않았다.

그저 아파서 쓰러져 있다고만 여길 따름이었다.

'다들 제정신이 아니야.'

그래도 다들 상태가 이상하다는 것 하나만큼은 확실히 알수 있었다.

그 근처로 군복을 입은 군인 한 명이 다가왔다.

에드워드는 손을 흔들며 외쳤다.

"이봐요! 우리를 도와줘요!"

하지만 군인의 눈은 초점이 없었다.

흐리멍덩한 눈빛으로 에드워드를 바라보더니 이내 총을 겨눴다.

"크흐흐……."

"왜, 왜 그러세요? 그러지 말고 도와주세요. 저보다 루니를 먼저 빼내 주세요. 제발요. 아직 어려서 빠져나올 힘이 없단 말이에요."

이상한 웃음소리에 아랑곳 않고 에드워드가 빌었지만 군인은 겨눈 총을 치우지 않았다.

도리어 방아쇠를 당기려고 하였다.

쿠웅!

멀리서 날아온 무언가가 군인의 몸을 짓눌렀다.

햄버거처럼 꽉 압축되어 사방에 피가 흩날렸다.

에드워드는 날아온 대상을 확인하곤 눈을 휘둥그렇게 떴다.

철구를 든 괴물!

왜 괴물이 하늘에서 날아왔는지 알 수가 없었다.

괴물이 바닥을 짚고 막 일어서려고 할 때였다.

"질긴 녀석이군."

순간이동도 아니고 웬 검은색 해골 가면을 쓴 남자가 돌연히 나타났다.

남자는 이상하게 생긴 검을 들었다.

촤륵!

그리곤 괴물이 아니라 철구를 반으로 갈라 버렸다.

철구가 둘로 나뉘자 괴물이 괴성을 내지르며 조금씩 산화했다.

약 10여 초 후 괴물은 흔적도 없이 사라졌다.

멍하니 그 장면을 바라보던 에드워드가 돌연 외쳤다.

"아! 아저씨, 저 좀 도와주세요. 아니, 제 동생 좀 도와주세요. 이름은 루니인데요. 어려서 못 빠져나오고 있어요."

남자가 몸을 돌려 에드워드를 바라보더니 무심하게 말했다.

"고통을 느끼지 못하는 건가?"

"예? 아아. 의사 선생님이 저보고 무통증이래요. 그런데 지금 그게 중요한 게 아니에요. 어서 제 동생 루니를……."

"네 동생은 죽었다."

"예?"

에드워드도 죽었다는 뜻 자체의 의미는 알고 있었다.

다만, 죽음에 관한 뚜렷한 인상이 없을 뿐이다.

남자는 그를 이해하고 다시 한 번 잔인하게 설명했다.

"움직일 수 없다는 뜻이다. 영원히."

그림자 죄인 두 마리를 처리하는 데 들어간 시간은 대략 30여 분 정도다.

물론 전력으로 부딪히면 경우 10분이면 충분했을 것이다.

내 능력치 총합은 410을 넘겼다.

고작해야 340 언저리의 그림자 죄인 따위가 내 발목을 잡을 수는 없었다.

다만, 각성자 행세를 하느라 스스로에게 조금의 제약을 건 것뿐이다.

그림자 죄인 두 마리를 처리한 나는 내게 말을 건 남자아이를 쳐다봤다.

건물에 깔려 하반신이 완전히 뭉개진 상태였다.

처음에는 감각이 무뎌진 것인가 했지만 남자아이의 얼굴엔 전혀 고통스러운 기색이 없었다.

그에 호기심이 생긴 나는 심안을 열었다.

이름 : 에드워드 윈저

직업 : 전사(용사)

칭호 : 없음

능력치 :

　힘 14

　지능 34

민첩 15

체력 17

마력 32

잠재력 (112/441)

특이사항 : 없음

스킬 : 무통증(Ex R)

대단한 잠재력이다.

유은혜보다도 약 20가량 높은 이러한 잠재력을 나는 인간 중에서 일찍이 본 적이 없었다.

하지만 그보다 더 놀란 건 아이의 이름이었다.

'에드워드 윈저? 용사 10강 중 1인이었던 그 에드워드 윈저란 말인가?'

에드워드 윈저.

공작 살해자!

그가 10강에 들게 된 직접적인 원인은 대공 판데모니엄 휘하의 공작을 무참히 죽인 것이었다.

함께한 공격대원 전원이 전멸했으나 그만은 살아남아 던전 코어마저 부서뜨렸고 대번에 10강의 자리를 꿰차게 되었다.

하지만 하반신 불수였다는 말은 들어본 적이 없다.

스킬로 극복한 것일 수도 있겠지만……. 확실히 그의 얼굴이 앳된 남자아이에게도 많이 남아 있었다.

여기서 이런 식으로 만나게 될 줄이야.

우연인가, 아니면 운명인가?

에드워드가 찔끔하며 물었다.

"그, 그런 게 어디 있어요? 루니는 이제 막 태어났는데……."

나는 잠시 고민했다.

보아하니 동생을 아주 아끼는 거 같은데 방법이 아예 없진
않았다.

크리슬리를 통해 언데드로의 부활을 꾀할 수도 있고, 도플
갱어의 변이 스킬을 이용해 속여 넘길 수도 있었다.

그러면 미래의 용사 10강 중 일인을 마음껏 요리할 수 있
게 된다.

하나 진실이 드러났을 때 여파가 상당하다.

에드워드 윈저.

감히 놓칠 수 없는 인재.

하여 나는 조금 방향을 비틀기로 결정했다.

"죽음은 나이와 상관없이 누구에게도 찾아오는 법이지.
하지만 네 동생이 죽은 건 마수 때문이다. 방금 내가 죽인 이
와 같은 녀석들이 사람들의 정신을 어지럽게 만들고 결국 네
동생이 죽게 만든 거다."

"아……."

에드워드의 눈에 눈물이 그렁그렁 맺혔다.

"그럼 이제 루니는 안 움직이는 거예요?"

"그래."

"영원히?"

"영원히."

"아아······!"

에드워드가 양 볼을 감싸고 비명을 내질렀다.

하늘이 동화되듯 비가 내렸다.

어둡게 깔린 먹구름은 에드워드의 심정을 대변하는 것 같았다.

나는 한참을 울게 내버려 두었다.

그리고 조금씩 울음소리가 잦아들 때쯤, 에드워드가 숨이 차서 실신하기 직전에 입을 열었다.

"복수하고 싶나? 네 동생과 네 부모님을 그렇게 만든 괴물을 똑같이 만들어주고 싶지 않느냔 말이다. 그렇다면 고개를 끄덕여라. 내가 너에게 힘을 주마."

"힘을······."

"모든 괴물을 죽일 수 있는 강력한 힘. 타당한 복수를 위해 반드시 있어야 하는 그런 힘! 원하지 않는가?"

"괴, 괴물을······ 죽이고 싶어요."

에드워드가 고개를 끄덕였다. 그리곤 축 늘어졌다.

기절한 것이다.

그 모습을 바라보며 나는 피식 웃고 말았다.

"데빌헌터 공격대에 온 것을 환영한다, 에드워드 윈저."

우연히 엮인 운명의 사슬은 참으로 짓궂다.

에드워드는 알 리가 없다.

자신의 동생을, 가족을 죽인 괴물.

그 괴물의 정점에 내가 서 있음을.

그리고 오로지 나만은 예외적인 존재라는 걸!

에드워드의 하반신은 완전히 뭉개졌다. 현대 의학으로는 수습이 불가능한 수준.

일반적인 물약으로도 엄두가 나지 않을 정도였다.

단원들은 내가 에드워드를 데려오자 고개를 갸웃했다.

"새로운 단원이다."

짧게 말했다.

하나 의문이 해소되기는커녕 더욱 커졌음은 두말할 필요가 없다.

나는 단원들을 무시한 채 비행기로 돌아가 에드워드를 눕혔다.

영국의 대사가 재차 고마움을 표하며 나를 만나고 싶다는 의사를 표했지만 무시하고 이동한 것이다.

영국에서의 몬스터 웨이브를 막았다고 끝일 리 없다.

이제 다음 차례였다.

마족들의 포인트 벌이를 방해할 수 있는 만큼 최대한 방해하는 게 나의 계획이었다.

에드워드는 그 뒤로도 좀처럼 깨어나지 못했다.

어린아이가 겪기엔 강한 충격이었을 터.

34란 높은 지능 덕분에 쉐이드의 정신 지배에서 벗어났을 따름이다.

그나마 유은혜와 이지혜가 에드워드를 불쌍히 여기고 간호하기 시작했다.

악몽을 꾸는 듯 에드워드가 비명을 내지를 때면 물수건을 가져와 땀을 닦아주거나 오줌을 지릴 땐 직접 속옷을 갈아입혀 주는 등의 선의를 베풀었다.

그런 지극정성 덕인지 에드워드는 3일 뒤 정신을 차렸다.

"여, 여긴 어디예요? 내 동생 루니는 어디 있고요?"

에드워드는 눈을 뜬 즉시 동생을 찾았다.

단원들은 모두 번역 마법이 걸린 도구를 소유하고 있었다.

던전에서 가장 많이 나오는 물품 중 하나가 바로 번역 마법이 걸린 물품이었다.

유은혜 역시 왼쪽의 귀걸이를 통해 에드워드의 말을 알아들을 수 있었다.

반대로 유은혜가 말하는 내용 또한 자동으로 치환되어 에드워드의 귀에 닿았다.

"안녕, 에드워드? 이름이 에드워드 맞지? 반가워. 나는 유은혜라고 해."

"부모님은 어디 계세요? 당신들은 누구⋯⋯."

에드워드가 주변을 두리번거렸다.

익숙하지 않은 장소.

귀가 멍한 데다 약간 어지럼증이 찾아왔다.

이곳에 있는 건 에드워드와 유은혜뿐만이 아니었다.

다른 대원들은 이런 상황이 익숙하지 않아 고개를 돌렸다.

유은혜가 나름 최선을 다해 인자한 미소를 지어 보였다.

"우리는 데빌헌터 공격대의 대원들이란다. 우리 공대장님께서 너를 구하셨지. 기억 안 나니?"

에드워드의 눈꼬리가 바르르 떨렸다. 동시에 두통이 이는 듯 머리를 부여잡았다.

"아⋯⋯! 그, 그럼 그게 다 꿈이 아니었단 말인가요?"

"그래. 꿈이라고 생각하고 싶겠지. 많이 힘들 거야. 그래도 이겨내야 한단다."

"그럴 리가 없어요. 그런 일이 현실일 리가⋯⋯."

에드워드가 몸을 뒤척였다.

하지만 하반신이 움직이지 않는다는 걸 깨닫곤 당혹스런 표정을 만들었다.

"우선 포션으로 급한 부위는 치료했어. 마음 같아선 큰 병원으로 보내주고 싶지만 현대 의학으로는 어차피 안 될 거라면서 공대장님이 극구 반대를 하시는 통에⋯⋯. 아, 믿지 마. 모든 건 개인 의지에 달렸어. 낫고자 하면 낫지 못할 건 없어! 기내 안에 의사도 있고. 그래도 필요한 건 전부 있으니까 불편한 게 있으면 꼭 말해주렴. 후우!"

유은혜가 안타깝다는 듯이 한숨을 내쉬었다.

이와 비슷한 경우를 그녀도 겪었기에 어느 정도는 공감을 할 수 있었다.

에드워드는 3일 만에 깨어났고, 그 시간 동안 데빌헌터 공격대는 스웨덴의 몬스터 웨이브를 처리했다.

그곳에서 필요한 물건과 개인 의사를 들인 것이다.

의사도 에드워드의 상태를 보곤 고개를 저었다.

도구도 시설도 부족하지만 급한 대로 응급처치쯤은 할 수 있을 것이었다.

덜컥!

문이 열리며 새로운 인물이 나타났다.

그를 본 에드워드의 눈이 커졌다.

벼랑 아래로 떨어지기 전 손을 붙잡고 '살 것이냐, 말 것이냐'를 물은 그 남자다.

힘을 주겠다는 그 말은 마치 악마의 유혹처럼 들렸다.

이제는 꿈이라고 여길 수가 없다.

저 남자의 존재가 에드워드를 꿈에서 되돌려 났다.

이곳은 현실이었다.

지독한 현실!

유은혜가 번쩍 일어나서 따졌다.

"공대장님! 중환자를 비행기에 놔둘 순 없어요. 그것도 이제 열 살 안팎의 아이를요. 포션으로 급한 위기는 넘겼다지만 제대로 검사를 받아봐야 한다구요. 더불어서 심리적인 도움도……."

"일어났군."

남자가 말했다.

에드워드가 남자를 바라봤다.

압도감.

그게 먼저 들었다. 묘하게 비현실적인 분위기를 풍기는 남자였다.

왜 이곳에 있는지조차 의문이 들 정도로 조화가 되지 않았다.

내심 당황하고 말았다.

무통증.

직접적인 감각을 느낄 수 없는 대신 에드워드는 정신적인 부분이 크게 돌출된 상태였다.

사람을 보고 단번에 그가 어떠한 이인지 파악할 수 있는 본능의 소유자가 에드워드였다.

하지만 단언컨대 이런 느낌은 받아본 적이 없었다.

일전에는 매우 당황한 상태인지라 몰랐다.

에드워드가 얼굴에 잔경련을 일으키며 입을 열었다.

"아저씨는 누구죠?"

"너에게 힘을 줄 자."

남자는 거침없이 말했다.

마치 너무나도 당연한 진리를 읊는 양.

에드워드는 당시의 일을 기억해 냈다.

"괴물을…… 죽일 힘 말인가요?"

"싫다면 말하도록. 당장에 목숨을 끊어주지."

"공대장님!"

유은혜가 깜짝 놀라선 버럭 소리를 내질렀다.

에드워드는 당혹스러웠다.

고작 열 살의 나이.

아무리 또래보다 생각이 깊다 해도 한계가 있었다.

자의적으로 모든 일을 결정하고 처리할 순 없었다.

그러자 남자는 아랑곳하지 않으며 말했다.

"보여주마. 네가 얻게 될 힘이 어떠한 것인지."

그리스 아테네.

백작이 다스리는 던전이 있는 곳이다.

인구가 천만밖에 안 되는 나라이니만큼 그다지 신경 쓸 필요도 없었지만, 문제는 그 백작이 우파 휘하의 마족이라는 점이다.

나는 되도록 우파의 손과 발을 모조리 끊어내고 싶었다.

변방의 백작이라고는 하나, 신경 쓰지 않을 이유가 없었다.

때마침 그리스에서 도움을 요청한 바 거침없이 움직이기로 결정한 것이다.

아테네에선 가고일과 하피, 수면 나방 따위의 하급 마수로 이루어진 몬스터 웨이브가 한창 발발하는 중이었다.

그리스는 체급의 한계 탓에 군사력 자체가 우월하지 못했다.

그 영향으로 하급 마수의 숫자가 많아지자 처리 곤란한 상황에 빠진 것이다.

"가고일의 처리법은 간단하다. 단번의 목을 베어내라. 안 그러면 순식간에 돌로 변해 회복한다. 하피는 어깨를 잇는 관절의 힘이 약하다. 유념하며 싸우면 크게 도움이 될 것이다. 수면 나방은 공격 성향이 크지 않으니 자극만 하지 않는다면 먼저 공격해 오는 일은 거의 없을 터."

이미 기내 안에서 브리핑한 내용.

하지만 모처럼 다시 한 번 설명해 주었다.

에드워드는 휠체어를 탄 채 가만히 나를 주시하고 있었다.

휠체어를 끄는 건 이지혜였다.

유은혜는 조금이라도 경험치를 쌓고 능력치를 올릴 필요가 있었다.

나는 가만히 대원들의 얼굴을 쭉 훑곤 말했다.

"지금부터 소탕 작전을 실시한다."

"실시!"

대원들이 이구동성으로 기합을 올렸다.

각자 미리 정한 대로 2인 1조로 팀을 이뤄 움직이기 시작했다.

나는 홀로 움직였다.

누군가가 나를 따라온대도 혼자 전부 처리하는 습관이 있어서 키워줄 여력이 되지 못했다.

오히려 그런 역할은 크라스라가 어울렸다.

실제로 크라스라는 유은혜와 조를 이루고 있었다.

크라스라라면 적당히 유은혜가 성장할 수 있도록 앞뒤에서 지원해 줄 것이다.

나는 가만히 분노를 꺼내 들었다.

이후 득달같이 달려드는 마수들의 품을 향해 천천히 걸어

나갔다.

그런 내 뒷모습을 에드워드가 혼란스런 눈초리로 주시하고 있었다.

남자의 움직임은 보이지 않았다.

전투에 들어간 순간 수없이 많은 마수의 시체만이 주변에 흩뿌려질 뿐이었다.

하지만 간혹 보이는 잔상은 그토록 황홀할 수가 없었다.

수백의 마수가 소탕되는 데 걸린 시간은 10분여.

에드워드는 오직 남자만을 바라보며 눈을 떼지 못했다.

'저게 내가 얻을 힘?'

사람이 저런 식으로 움직일 수 있다는 사실 자체가 에드워드는 믿기지 않았다.

그러나 눈앞에서 벌어진 일이니 믿지 않을 수도 없었다.

각성자.

최근 여러 문제를 야기하며 급부상한 사람들이다.

숫자는 많지 않지만 꾸준히 늘어나고 있다는 뉴스를 들었다.

에드워드는 부모님의 영향으로 매일 저녁이면 뉴스를 시청하곤 하였다.

갑자기 얻은 힘을 주체 못해 각종 강력 범죄를 일으키는 경우도 많아 큰 골칫거리가 되고 있다던가?

경찰 수십을 행동불능 상태로 만들거나, 간 크게 은행을 털거나…….

반대로 선행을 일삼는 각성자도 많았지만 적어도 영국에선 '도움이 되지 못한다'라는 인식이 강했다.

하지만 그런 각성자들도 끝내는 체포되거나 총살당했다.

인간은 사회적인 동물이고 그것은 각성자라고 다르지 않았다.

강력한 힘을 지녔대도 그들은 인간들의 틈바구니에서 살아갈 수밖에 없었다.

'한계점'이 존재한다는 뜻이다.

실제로 에드워드는 몇몇 각성자를 본 적이 있었다.

그들은 확실히 강했다. 강철을 구부러뜨리거나 100m를 수 초에 달려 나갔다.

그런데 눈앞의 남자만큼 압도적인 위용을 보여준 각성자는 없었다.

이곳에 모인 모든 이 중에서도 단연 독보적이었다.

홀로 존재하는 자.

저 남자에게만큼은 한계점이 존재한다고 말을 할 수가 없을 것 같았다.

'안 돼. 내 다리는 망가졌어. 저런 식으론 움직일 수 없어.'

에드워드는 가슴의 울렁임을 느꼈다.

남자의 물음에 고개를 끄덕였지만 아직 확신이 없었다.

확실히 남자의 움직임은 대단했다.

그러나 자신이 저런 힘을 얻을 수 있다는 사실에는 회의적이었다.

이런 부분에서 에드워드의 이성은 의외로 냉철했다.

이곳은 현실이다. 각성자와 마수라는 비현실적인 요소가 존재한다 하더라도 에드워드는 자신의 한계를 아직 깨지 못하였다.

"아……."

남자는 조용히 에드워드의 곁을 지나쳐 갔다.

에드워드에겐 한마디의 말조차 걸지 않았다.

그 뒤로 에드워드는 다섯 나라를 더 전전했다.

항상 휠체어에 탄 채 남자가 싸우는 모습을 보았다.

몇 번이나 눈으로 새기고 머릿속에 그렸다.

동생을 죽인 원수.

부모님을 변하게 만든 원인.

마수에 대한 맹렬한 증오감이 타올랐다.

가만히 구경만 해야 하는 자신의 처지가 한심하고 처량했다.

남자는 에드워드에게 굳이 말을 걸지 않았다.

그저 보여줄 뿐.

하지만 생각에 생각을 거듭할수록 점점 에드워드의 '벽'은 허물어져 갔다.

움직일 수 없는 자신에게 남자는 힘을 주겠다고 말했다.

현실적으로 불가능한 일이지만 비현실적인 일은 주변에 넘쳐났다.

그렇다면 정말 자신도 저런 힘을 얻을 수 있지 않을까.

이윽고 유럽을 거쳐 중동 사우디아라비아에 이르렀을 때 에드워드는 말했다.

"공격대장님, 제게 힘을 주세요. 괴물들을 이길 수 있는 힘을요."

남자의 강요가 아닌 스스로의 선택으로 에드워드는 움직일 수 없는 발을 움직여 자리에 섰다.

마침내 벽이 깨졌다.

15일간의 전쟁이 막을 내린 것이다.

가능성이 있는 자가 강해지는 방법은 간단했다.

스스로가 강해지고자 노력하는 것.

하지만 그러기 위해선 강한 원동력이 필요하다.

에드워드에겐 분노라는 원동력이 있었다.

문제는 스스로 벽을 깰 용기였다.

한계를 부수고 나아갈 의지가 있어야 하는 것이다.

극한의 상황에서 무의식적으로 고개를 끄덕인 정도로는 안 된다.

멀쩡한 정신으로 갈구해야 비로소 의미가 있었다.

해서 나는 에드워드를 내버려 두었다.

스스로 깨우치며 내게 힘을 갈구하길 바랐다.

어린아이라 하더라도 에드워드 윈저는 미래의 용사 10강

중 일인.

나를 실망시키지 않으리라 확신했다.

그 확신대로 에드워드 윈저는 내게 힘을 갈망했다.

동시에 묘한 기분이 들었다.

유은혜는 아쉽지만 용사 10강에 들지 못하였다.

그들과 비슷한 강자라는 평은 들었으나 그게 전부였다.

반대로 에드워드 윈저는 명실상부 누구나 인정하던 용사다.

그런 이가 내게, 마족의 휘하에 들어왔다.

이 감정은 희열에 가까웠다.

누구도 갖지 못할 아주 값비싼 장난감을 손에 넣은 느낌.

나는 이 조립되지 않은 장난감을 내 입맛에 맞게 만들 작정이었다.

다리는 문제가 되지 않는다.

엘릭서만 있어도 충분히 고칠 수 있었다.

미래의 10강······.

내 손을 거치면 과연 어떠한 모습으로 완성될까?

무척이나 기대가 되었다.

[30분 후 마계 옥션으로 강제 전송됩니다. 보유 중인 마수 한 마리를 대동할 수 있습니다.]

그리고 마계 옥션 역시.

그 기대감은 결코 덜하지 않았다.

던전의 최상층에서 허공에 떠오른 메시지를 바라보며 나는 입가를 비틀었다.

Chapter 19

마계 옥션

Dungeon Hunter

마계 옥션은 기회다.

안목이 훌륭하다면, 운이 좋다면 적은 포인트로 말도 안 되는 효율의 무언가를 얻을 수 있다.

그것은 곧 다른 마족보다 한 발자국 앞서 나가는 게 가능해진다는 뜻.

후에 있을 진정한 전쟁에서 승리를 거머쥐게 만들어주는 중요한 열쇠가 된다.

그리고 과시다.

정령계에서의 싸움은 금지되어 있다. 하지만 '보여'주는 건 가능하다.

오직 한 마리만 대동할 수 있는 마수는 마족이 가진 힘의 척도가 된다.

이 척도라는 건 절대로 무시할 수 없다.

그 마족이 지닌 역량.

그 마족이 지닌 영향력을 간접적으로 보여주는 중요한 요소다.

동시에 상대의 기를 죽이거나 다급하게 만들거나 이러지도 저러지도 못하게 할 수 있는 심리전의 카드로 사용할 수도 있었다.

치열한 전장만이 싸움은 아니다.

상대를 내가 바라는 대로 움직이게 하는 것, 속이는 것, 혹은 상대의 모든 행동에서 내가 바라는 결과를 유추해 내는 것도 이미 훌륭한 싸움의 영역이다.

내게는 최상급의 마수가 둘이나 있었다.

그리핀과 기간테스.

나는 그중 기간테스를 대동코자 하였다.

그리핀은 한 차례 데뷔전을 치렀으나 기간테스는 아직 세상에 나온 바가 없었다.

무엇보다 위압감 자체는 그리핀보다 기간테스가 높았다.

마족들에게 제대로 어필할 수 있을 것이다.

'너희들은 선택해야 한다.'

숨길 수도 있다.

하지만 숨기는 게 능사이진 않았다.

나는 대략 700만에 조금 못 미치는 포인트를 소유하고 있었다.

누구도 가지지 못할 대량의 포인트.

마계 옥션에서 전부 사용할 셈이었다.

그런데 데리고 있는 마수가 형편없다면 마족들은 나를 어찌 생각할까?

마족의 생리는 단순하다.

강자독식.

약자는 약탈당한다.

당연히 나를 먹이로 생각할 터다.

나는 유일한 중립의 마족이었고 고작 백작 나부랭이였다.

배를 채워줄 훌륭한 양식처럼 보여도 이상할 게 없었다.

대공끼리 협력할 리는 없으나 무슨 방법을 써서든 나를 찾아내려고 할 것이다.

그러니 기간테스를 대동함으로써 그들에게 말하는 것이었다.

'덤빌 거냐? 그러면 너도 무사하진 못할 거다'라고.

아예 찾을 생각조차 하지 말라고!

그 외에도 마족들의 경각심을 일깨워 주는 용도이기도 했다.

유일한 중립의 마족이라는 점은 그게 누구냐에 따라 강력한 검이 될 수 있었다.

나 자신과 풍부한 재력, 보유한 최상급의 마수로 말미암아 4개의 파벌은 혼란에 빠질 것이다.

마음먹기에 따라서 나는 저울의 균형을 기울게 할 수 있는 제법 무거운 추가 되므로.

'그럴 마음은 없지만 말이지.'

어깨를 으쓱한다.

나름 복잡한 심리전이 밑바탕에 깔려 있었다.

그러나 나 스스로도 으스대고픈 마음이 조금은 있었다.

1년 차의 마계 옥션에선 제대로 보여주지 못했다.

네 대공의 뇌리에 확실하게 '랜달프 브뤼시엘'이란 존재를 박아 넣을 수 없었다.

하지만 올해는 어찌 되는지…….

'즐거운 시간이 되겠군.'

공간이 일렁거렸다.

이윽고 나와 기간테스의 모습이 던전 내에서 사라졌다.

눈을 떴다.

넓은 방이 나타났다.

그 앞에 일전에 보았던 노움의 형상을 한 어둠의 정령이 대기하고 있었다.

"키히히! 랜달프 브뤼시엘 님, 오랜만입니다."

"반갑군."

정확히 1년 만의 재회였다.

그러자 어둠의 정령이 슬쩍 고개를 돌려 내 뒤에 선 존재를 바라봤다.

"그런데…… 뒤의 마수는 뭡니까? 상당한 격이 느껴집니다만. 이건 마치 상급 이상의…….

마수의 종류는 무척이나 많다.

어둠의 정령이라고 모든 마수를 파악하고 있지는 않았다.

흑색의 갑주를 걸친 4m의 장신 거인.

하지만 단순히 거인족이라 칭하기엔 풍기는 마력이 심상치 않았던 것이다.

나는 가볍게 답했다.

"네가 생각하는 바가 맞다."

어둠의 정령이 눈을 휘둥그렇게 떴다.

"최, 최상급의 마수란 말입니까! 이건 정말 놀랍군요. 아무리 던전의 주인이라고는 하나, 마족분들 중 누군가가 최상급 마수 한 마리를 갖추기까지 저희는 못해도 5년 이상을 바라보고 있었습니다만……."

두 마리가 있다고 하면 혀를 깨물 기세다.

"이번 경매 물품에 최상급 마수는 없는 건가?"

드보롱을 통해 경매 물품의 목록을 전달받았지만 내가 모르는 부분이 존재할 수도 있었다.

나름 기대하며 물었으나 어둠의 정령이 어깨를 축 늘어뜨렸다.

"최상급의 격은 쉽사리 갖출 수 있는 게 아닙죠. 초월자에 반쯤 걸친 존재들을 잡으려면 저희도 엄청난 희생을 감수해야 하는 터라…… 그만한 희생을 감수하고 최상급 마수를 잡을 만한 포인트를 지금 당장 마족분들이 보유하고 계실 리 없지요. 마족분들의 평균 포인트가 최소 100만은 넘겨야 시도를 할 계획이란 소리를 듣긴 했습니다."

어차피 팔지도 못할 거 지금 잡아서 뭐하냐는 뜻이다.

맞기는 맞는 말이었다.

고작 2년 차.

마족들이 보유한 포인트가 많아봤자 얼마나 되겠는가.

"이번 마계 옥션에 참가한 마족의 평균 포인트가 얼마나 되지?"

어둠의 정령들은 마족들이 가진 포인트의 평균값을 알아 낼 수 있었다.

마족 개인이 가진 포인트는 알지 못하지만 그것만으로도 충분했다.

"44만 포인트입니다. 키히히. 작년보다는 괜찮더군요."

나는 턱을 쓸었다.

44만.

예상보다 더 적다.

내가 10만 포인트 가량을 올렸다 생각하면 마족들이 가진 평균치는 34만에서 35만 사이였다.

작년보다 배 이상 많은 수치지만 그게 전부다.

내 보유량에 비하면 한참 못 미친다.

'포인트를 사용할 곳은 아직 많지. 관찰 계열 스킬도 익히려면 상당한 포인트가 드니까.'

이해하지 못할 수준은 아니다.

하기야 나도 업적 퀘스트를 완료하지 못했다면 지금 가진 포인트가 대폭 낮아졌을 것이다.

작년과 비교해도 2~3배가량이 될 테니 비율로만 따질 경우엔 크게 다르지 않았다.

다만, 업적 퀘스트를 해결함으로써 내 보유 포인트는 작년 대비 4.5배까지 치솟았다.

"랜달프 님, 실례가 되지 않는다면 최상급 마수를 어떻게 잡았는지 들을 수 있겠습니까? 물론 그에 따른 대가는 치르겠습니다. 개인적인 노하우일 경우엔 제가 따로 어둠의 정령왕께 고해 '거래'를 하실 수 있도록 주선하겠습니다."

어둠의 정령이 제법 간절한 얼굴로 내게 말했다.

최상급의 마수를 잡아들인 노하우는 그들도 탐낼 수밖에 없는 것이었다.

그러나 내가 그리핀과 기간테스를 얻은 방법은 누구에게도 말해줄 수 없는 비밀이었다.

말해줘 봤자 믿지도 않을 것이다.

어둠의 정령왕과 직접 안면을 틀 기회는 거의 없지만 그건 그거고 이건 이거였다.

이히에게조차 말하지 않은 일을 굳이 꺼낼 생각은 없었다.

"충분히 실례다."

"……키히히, 알겠습니다. 따라오시지요. 안내해 드리겠습니다."

포기가 빠르다.

다소 아쉬운 표정이긴 하였으나 어둠의 정령과 내 관계상 당연한 일이었다.

껄끄러운 일을 깊게 파고들어 서로 좋을 게 없었다.

이내 어둠의 정령이 몸을 돌려 나를 안내하기 시작했다.

기간테스가 묵묵히 내 뒤를 따랐다.

주변을 지나는 수많은 어둠의 정령이 그런 기간테스를 매우 놀라운 듯 쳐다봤다.

정령은 특성상 마력의 향에 매우 민감할 수밖에 없었는데 기간테스에게서 풍기는 그것은 '격'을 예상케 하기에 충분했던 것이다.

동시에 어둠의 정령들은 최상급의 마수를 지닌 마족이 누구인지 확인했다.

그 시선이 내게 닿자 곧 그럴 줄 알았다는 듯 감탄하며 고개를 주억였다.

1년 차에 가장 많은 포인트를 사용한 마족.

적어도 정령들에게 있어선 '큰손'이 된 나였다.

"키히히. 인기가 많으십니다, 손님."

"어둠의 정령이 제법 많군."

"작년에는 첫 경매인지라 일이 제법 많았지요. 올해는 조금 익숙해졌는지 시간이 남아서 구경을 나온 것 같습니다. 키히히, 혹시 마음에 드는 외견의 정령이 있으십니까? 저치들은 급이 낮아 일꾼으로 사용 중입니다만, 소량의 포인트를 지급하면 오늘 하루 손님의 곁에서 극상의 쾌락을 선사해 줄 겁니다."

어둠의 정령은 가장 최근 자신이 타락시킨 종의 모습으로 변한다.

때문에 주변의 정령들은 모두 가지각색의 몸과 얼굴을 가지고 있었다. 그리고 정령계에 한해 정령들은 실체를 가진다.

요정과는 다른 점이다.

이곳에서라면 확실히 극상의 쾌락을 선사해 줄 수 있을 것이었다.

"필요 없다."

하지만 중요한 장소에서 성욕이나 풀고 있을 시간은 없었다.

가만히 성내의 복도를 따라 걷자 멀지 않은 곳에서 익숙한 목소리가 들려왔다.

"어둠의 정령이 감히 서큐버스 흉내를 내? 발칙한 년. 이 가슴도 가짜렷다?"

"아아!"

눈살을 찌푸렸다.

여자의 교성도 들려오긴 했으나 그로기가 분명했다.

자신의 던전을 서큐버스로 채우고 전번 마계 옥션에서 내게 시비를 건 마족.

나를 안내하던 어둠의 정령이 음흉하게 웃었다.

"키히히. 정말 필요 없으십니까? 소량의 포인트면 됩니다."

무시하고 걸었다.

이윽고 복도의 맞은편에서 그로기를 발견했다.

그로기는 서큐버스 형태의 정령을 손으로 농락하며 걷고 있었다.

하지만 그런 행위도 오래가지 않았다.

누군가가 뒤에 있음을 깨닫고 그로기가 몸을 돌린 것이다.

나를 발견한 그로기의 입가에서 순식간에 미소가 지워졌다.

'다크 워리어라.'

그로기의 옆에는 다크 워리어가 서 있었다.

상급 2Lv의 마수.

만물상점에서 구매 시 110,000포인트를 호가하는 나름 괜찮은 종류이다.

그러나 이곳은 마계 옥션이 행해지는 곳이다.

오로지 한 마리만 대동 가능한 장소였다.

가장 좋은 마수를 데려오는 게 당연지사일진대 그게 다크 워리어라면 더 볼 것도 없었다.

'그로기의 던전에 다크 워리어가 있다는 사실 자체가 놀랍긴 하군. 소문처럼 던전을 죄다 서큐버스로 채운 건 아닌 모양이야.'

전생에선 그로기에게 그다지 관심이 없었다.

단순히 광적으로 서큐버스를 좋아한다는 소문이 특이하여 기억할 따름이었다.

그로기가 으르렁댔다.

"랜달프 브뤼시엘……."

"우파 대공과 그 휘하 마족들은 마계 옥션에 참가하지 못하는 거 아니었나?"

나는 대수롭지 않게 말했다.

"네놈 따위가 상관할 일이 아니다."

"보아하니 파간 그리울리가 뒤집어쓴 것 같군."

작게 혀를 차자 그로기의 얼굴이 새빨개졌다.

"헛소리!"

나의 예측이 맞는 것 같았다.

대공 우파. 하여간 방심할 수 없는 놈이다.

필요하다면 다른 대공과 달리 숙일 줄도 알았다.

그래서 네 명의 대공 중 제일 성가시다.

내가 가장 먼저 처리하려는 이유이기도 하고.

"헛소리인지 아닌지는 경매장에 들어가 보면 알겠지."

"아무 파벌에도 들지 못한 낙오자가 어딜 기어들어 간단 말이냐."

작년에 한 번 당해놓고도 그로기는 기세등등했다.

이해는 된다.

마족은 절대로 약한 척하지 않는 종족이다.

나는 미소 지으며 어둠의 정령에게 물었다.

"일방적으로 모욕을 들었는데 가만히 있어야 하는 건가?"

"키히히. 작년의 일을 겪고 한 가지 규율을 추가했습니다. 대동한 마수끼리의 싸움은 허락하는 방향으로……. 물론 서로 합이 맞아야 합니다만."

역시.

마족의 특성을 고려한 올바른 규율이었다.

마냥 억제한다고 호전적인 마족들이 가만히 있을 리가 없었다. 그나마 마수의 싸움을 용인한다면 분란거리가 줄어들 것이었다.

전생에서도 이와 같은 규율이 있었으나 2년 차임을 고려하면 제법 빠르다.

"그렇다는군."

어깨를 으쓱했다.

그러자 그로기가 내 뒤에 선 기간테스를 바라봤다.

"크르! 싸운다. 승리한다!"

기간테스의 위압감은 확실히 대단했다.

투박한 살기와 함께 두 눈을 부라리니 천하의 그로기도 간담이 서늘해질 수밖에 없었다.

나조차 기간테스와의 대결에서 고전하지 않았던가.

그로기 따위는 상대가 되지 않았다.

그래도 객관적으로 판단을 내리고자 나는 심안을 열었다.

이름 : 그로기 인피르

직업 : 마계 후작(던전 마스터)

칭호 :

　*서큐버스의 종마(Ex R, 마력+5)

능력치 :

　힘 64

　지능 64

　민첩 67

체력 75

마력 74(+5)

잠재력 (344+5/500)

특이사항 : 없음

스킬 : 불의 진동(U), 체력 강화(R), 관찰(R)

[상대 비교]

그로기 인피르

힘 64 지 63 민 67 체 75 마 79 잠재력 (344+5/500)

랜달프 브뤼시엘

힘 89 지 74 민 77 체 82 마 93 잠재력 (392+23/500)

나는 15일간 세계를 돌며 힘과 민첩이 1씩 오른 상태였다.

간만에 오른 순수 능력치. 능력치 총합은 꾸준히 올라가고 있었다.

반면 그로기는 어떤가.

솔직히 비교라는 단어가 아까울 지경의 차이다.

그로기가 대동한 다크 워리어의 몸이 굳었다.

급이 다른 기간테스의 살기를 있는 그대로 마주하고 멀쩡할 리가 없었다.

꽈득!

"너 따위를 상대할 시간은……."

"입을 잘라 물 위에 띄우면 잘 뜰 것 같구나, 그로기."

이를 갈며 이야기하는 그로기의 말을 끊었다.

그리고 그 옆으로 걸어 나가 제대로 된 강자의 '여유'를 보여줬다.

그로기는 굴욕감에 몸을 잘게 떨었다. 하지만 더 입을 열진 않았다. 그랬다간 영락없이 마수 대결을 펼쳐야 할 텐데 시작부터 결과가 정해져 있었다.

척 보아도 다크 워리어는 상대가 되지 않았다.

차라리 가만히 있는 게 낫다고 판단한 것일 터.

"짖으려거든 격을 갖춰라. 지금의 너는 약자 이상이 아니다."

마족에게 이보다 더한 욕이 어디 있을까?

그로기의 떨림이 더욱 강렬해졌다.

나는 피식 웃으며 이어서 말했다.

"창구로 가자."

"키히히. 알아서 모십지요, 손님."

경매를 시작하기 전 물품을 미리 볼 수 있는 장소.

그곳이 창구였다. 그리고 1년 차 때와는 다르게 수많은 마족이 창구에 모여 있었다.

이유는 간단했다.

구매할 물품을 확인하고 전략을 짜기 위해서다.

한정된 포인트로 최대한의 효율을 얻으려거든 남들보다 빠르게 준비해야 함이었다.

물론 다른 파벌을 견제하는 전초전의 장소가 되기도 하였다.

그래서인지 넓은 창구 안은 무척이나 조용했다.

피부를 찌르는 살기와 중압감.

누군가 한 명이 입을 여는 순간 터져 버릴 것 같은 무거운 공기.

대동한 마수로 말미암아 상대의 역량을 확인한다.

상대가 노리는 물품이 무엇인지 알아낸 다음 포인트를 소진시킬 계획을 세운다.

내가 했던 '바람잡이' 역할의 중요성을 마족들도 슬슬 깨우치는 단계였다.

쿵!

기간테스의 묵직한 발소리가 창구 안을 울렸다.

최상급의 격에 다다른 짙은 마력의 향이 순식간에 퍼져 나갔다.

몇몇 마족이 본능적으로 시선을 돌렸고 이내 내게로 향했다.

'열렬한 환영식이군.'

각 파벌마다 나를 바라보는 분위기는 천차만별이었다.

대공 아리엘과 그 휘하 마족들은 크게 적대적이진 않았다.

그냥 흥미롭다는 정도?

반대로 대공 우파와 그 휘하 마족들은 나를 같은 하늘을 이고 살 수 없는 원수쯤으로 여겼다.

눈빛만으로 누군가를 죽일 수 있다면 벌써 죽지 않았을까 싶을 수준의 살벌함이 담겨 있었다.

대공 오쿨루스는 관심이 없다.

전생에서 유일하게 세계수를 틔운 마족.

진정으로 자신이 몰두할 분야의 무언가가 아니라면 아예 신경을 꺼버리는 특이한 성격의 소유자였다.

판데모니엄은…… 냉소적이다.

애당초 그는 비관하길 좋아한다.

생각해 보면 당연한 반응이었다.

휘하 마족들 역시 그 성격을 이어받아 비슷한 태도를 보였다.

"키히히. 저는 바깥에서 대기하겠습니다. 들어갔다간 버티질 못하겠군요."

어둠의 정령이 읍을 하곤 물러섰다.

정령은 마력에 민감하다.

소리 없는 격전지에 섰다간 한시도 마음을 안정시킬 수 없다.

'우파…….'

나는 어둠의 정령이 창구를 벗어난 직후 짧게 혀를 찼다.

대공 우파가 자신의 휘하 마족들과 함께 창구 안에 있었다.

파간 그리울리를 재물 삼아 다시 마계 옥션에 입장하는 걸 허락받은 것이었다.

정말 아쉽게 됐다.

우파에게 시선을 던지자 그 또한 나를 쳐다봤다.

두 눈에는 강렬한 분노가 담겨 있었다. 정령계가 아니었다면 싸움은 피하지 못했을 것이다.

그런데 어쩐지 간을 보는 기색이다.

'너냐?'라고 묻는 듯한 눈초리.

나는 곧 저 눈빛의 저의를 알아챌 수 있었다.

'아돌 루프가 사라진 게 내심 걸리는 거겠지.'

다름이 아니라 범인이 나였기 때문이다.

아무리 휘하 마족의 관리에 소홀한 우파라고는 하나, 죽었다면 이야기가 달라질 수밖에 없었다.

공작 파간을 제외하면 모두가 강제 전송 되었어야 옳았다.

하나, 아돌 루프는 어디에도 없었다.

이게 뜻하는 바는 하나였다.

아돌 루프가 죽었다는 것.

누군가가 자신의 파벌을 공격했다……. 그리 생각해도 이상하지 않다.

물론 내가 범인이라고는 확정할 수 없다.

우파는 이곳에 모인 모든 마족을 의심하고 있었다.

아마도 다른 파벌의 모든 마족은 저 눈빛을 한 번씩 받았을 것이었다.

웃음이 나오려는 걸 억제한다.

미묘한 근육의 움직임조차 절제시켰다.

저 의심은 오래 지속될수록 좋다.

파벌 간의 불협화음이 시작되고 대공세의 시기가 앞당겨진다면 도리어 나에겐 큰 이득이 된다.

'이런 걸 두고 어부지리라 하던가?'

하여튼, 내가 창구에 찾아온 건 물품을 확인하기 전에 다른 마족들의 상태창을 보기 위해서였다.

즉시 심안을 열었다.

이름 : 우파 블레넌

직업 : 마계 대공(던전 마스터)

칭호 :

　*파괴자(Epic, 지능+4 마력+7)

　*중력의 주인(Ex U, 마력+7)

능력치 :

　힘 82

　지능 79(+4)

　민첩 75

　체력 74

　마력 81(+14)

　잠재력 (391+18/500)

특이사항 : 네 명의 대공 중 한 명. 움직이는 거대한 성 블레넌의

　　　　　주인이다.

스킬 : 블랙홀(Epic), 중력장(Epic), 관찰(R)

[상대 비교]

우파 블레넌

힘 82 지 83 민 75 체 74 마 95 잠재력 (391+18/500)

랜달프 브뤼시엘

힘 89 지 74 민 77 체 82 마 93 잠재력 (392+23/500)

절로 주먹이 쥐어지며 힘이 들어갔다.

능력치도, 스킬도 크게 밀릴 게 없었다.

오히려 소폭이나마 내가 앞서는 상태였다.

자연스럽게 입가에 미소가 지어졌고 그것을 본 대공 우파는 눈살을 찌푸렸다.

'내가 걸은 길은 틀리지 않았다.'

다른 대공들도 확인해 보았다.

우파와 크게 다르지 않은 상태창이 떠올랐다.

400~415 사이로 수렴하는 능력치 총합과 두 개가량의 에픽 등급 스킬을 보유했다.

싸운다면 백중지세.

어쩌면 소폭 내가 앞설 수도 있겠다.

거기다가 나에게는 네 명의 대공이 가지지 못한 최상급의 마수가 둘이나 있었다.

짜릿한 전율이 전신을 휘감는다.

전체적인 측면에서 보자면 나는 확실히 대공들조차 앞서 나가는 중이었다.

그리고 이번 마계 옥션에서 그 격차를 더욱 확실하게 벌릴 수 있을 것이라고 장담했다.

나는 창구의 중심으로 들어가 아주 '느긋하게' 물품을 관람하기 시작했다.

경매가 진행되는 홀은 고풍스러운 분위기를 풍기는 장소였다.

네 개의 사이드 홀과 1층에 마련된 넓은 관람석.

하지만 전과 마찬가지로 1층의 관람석을 차지한 이는 나밖에 없었다.

다른 네 파벌의 마족들은 사이드 홀에 올라가 서로를 견제하는 중이었다.

딱히 나를 의식하는 태도는 없었다.

'저들이 내 포인트 보유량을 알 리 없으니.'

대략 700만.

이는 한 개의 파벌이 가지는 평균적인 포인트 총합보다 높거나 비슷하다.

즉, 적어도 포인트의 보유량에 한해서 나는 일인군단과 같다는 뜻이었다.

그러나 다른 마족들, 심지어 경매를 주최하는 어둠의 정령들조차 내가 가진 포인트가 몇인지 알지 못한다.

알았다면 모든 이의 태도가 단번에 달라졌을 것이지만 그것을 굳이 밝힐 필요가 없었다.

밝혀봤자 이득 볼 게 없다.

어차피 진행을 하다 보면 자연스럽게 알게 될 것이었다.

머지않아 무대 뒤에서 피에로 분장을 한 드보롱이 나타났다.

"오래 기다리셨습니다! 작년과 마찬가지로 오늘의 경매를 맡은 드보롱이라고 합니다. 어여쁘게 봐 주시길 바랍니다."

드보롱의 얼굴은 작년과 달라진 게 없었다.

최상급의 정령이며 나와 은밀하게 거래를 튼 자.

그가 보내준 목록으로 나는 제법 깔끔한 계획을 세울 수 있었다.

그는 쭉 경매장을 훑어보곤 씁쓸한 미소를 지어 보였다.

"한데 두 분의 자리가 비었군요. 한 분은 규율을 어긴 죄로 3년간 출입을 금지시켰습니다만, 나머지 한 분은…… 몇 번이나 강제 전송 메시지를 보냈지만 아무래도 돌아올 수 없는 강을 건넌 듯싶습니다. 심심한 조의를 표합니다."

약간의 조롱이 담긴 말.

잠시 묵념하더니 고개를 번쩍 들어 환하게 웃었다.

대공 우파의 표정이 더욱 언짢아졌지만 드보롱은 개의치 않았다.

원래라면 우파와 그 휘하 마족들은 옥션에 3년간 참가하지 못했을 터였다.

파간 그리울리에게만 죄를 덮어씌운 건 정령들도 한 발자국 물러서 양보해 준 일.

물론 그 덕분에 대공 우파를 바라보는 정령들의 시선이 썩 좋지 않게 변한 것도 사실이었다.

"자자! 올해에는 작년보다 더욱 화끈해진 구성으로 준비를 해봤습니다. 1년간 발에 땀띠가 나게 뛰어다닌 정령들의 수고를 일일이 나열하자면 손님분들도 눈물을 흘릴 수밖에 없을 겁니다. 하지만 그것을 이야기하기엔 24시간이 부족하니 애석할 따름이군요. 무엇보다 이 축제의 분위기에 찬물을 끼얹게 될 것이 자명한지라 굳이 열거하진 않겠습니다."

어깨를 으쓱한 드보롱이 이어서 말했다.

"100개의 경매 물품. 그중 첫 번째로 선보일 물건은 저희도 엄선하고 엄선할 수밖에 없습니다. 작년에는 진마룽 아오진의 피가 섞인 크라스라를 선보였지요. 아아, 그래서 묻지 않을 수가 없습니다. 구매자 랜달프 브뤼시엘 님, 크라스라의 구입 건에 대해선 만족하셨습니까?"

드보롱은 고개를 숙여 나를 바라봤다.

크리슬리가 진짜였지만 크라스라도 나쁜 편은 아니었다.

잠재력을 모두 채우면 능히 최상급의 반열에 올라갈 수 있는 강자.

"훌륭하더군."

만족하지 않을 리가 없었다.

드보롱의 미소가 더욱 짙어졌다.

"최고의 칭찬 감사합니다. 랜달프 브뤼시엘 님이 대동하신 최상급의 마수보단 못할 듯싶지만 크라스라도 충분히 좋은 마수지요."

그러면서 은근슬쩍 나를 띄운다.

나는 바람잡이.

무언가가 '있어' 보여야 확실하게 먹히는 법이었다.

몇몇 마족이 움찔거렸다.

예상은 했지만 직접 들은 파급력과는 비교가 안 된다.

궁금증을 가진 마족도 있었다.

팔지 않는 마수를 어떤 방법으로 구했는지 고민이 역력한 시선이었다.

역시 드보롱.

사기꾼의 기질이 다분하다.

뛰어난 장사치라고 평할 수도 있겠으나 내게는 사기꾼으로밖에 보이지 않았다.

"잡설이 길었습니다. 슬슬 이번 경매의 첫 번째 물품을 소개해 드리겠습니다. 이건 저희 정령들이 고대의 유적에서 우연히 발견한 것입니다만⋯⋯. 아마도 많은 분이 생소해하실 그것. '아스트랄 코드'입니다!"

네모난 검은색의 바가 담긴 상자를 다른 정령이 가져왔다.

까맣긴 까만데, 저렇게까지 까만 물질이 존재할 수 있을지 의문이 들 정도로 완전한 흑색이었다.

길이는 20㎝ 남짓.

그 외엔 그냥 평범한 봉처럼 생겼다.

많은 마족이 시선을 고정시켰다.

모두가 관찰(R)스킬을 익힌 듯했지만 내 심안에 비할 바는 못 된다.

관찰 스킬로 알아낼 수 있는 건 아이템의 이름과 옵션뿐.

상세한 설명, 감춰진 옵션, 봉인된 무구는 알아낼 수가 없었다.

'아스트랄 코드. 강화 아이템이었던가?'

몇 번 본 것 같기는 하다.

잘 기억은 나지 않았다.

구매해 본 경험이 없는 탓이다.

나는 심안을 열어 아이템을 확인했다.

이름 - 아스트랄 코드(U)

설명 : 아이템에 한 가지 옵션을 부여한다.

*능력치를 +1~2, 아이템의 고유 특성 강화 중 무작위로 선택된다.

**실패 확률은 사용자의 마력에 반비례한다.

설명을 보니 그제야 기억이 난다.

하지만 밑에 **로 표시된 부분의 내용은 생소했다.

바로 심안으로만 보이는 옵션이었다.

단순한 관찰 스킬로는 저 부분을 확인하지 못한다.

'이건 사야겠군.'

드보롱이 보내준 목록만 보고 상세한 옵션까지 떠올릴 순
없다.

직접 확인하자 구매할 욕구가 무럭무럭 들었다.

예상외의 지출은 어느 정도 감안하고 있었다.

저 '고유 특성 강화'는 무척이나 쓸모가 있었다.

예컨대 날카로운 검을 더욱 날카롭게 해주는 특성이었다.

문제는 무작위라서 걸릴 확률이 낮다는 것.

그래도 능력치를 올려준다는 점에서 구매할 가치는 충분
히 있었다.

이쯤이면 됐다고 판단한 드보롱이 크게 외쳤다.

"경매 시작가는 10만 포인트! 하나밖에 없는 무기를 강화시킬 수 있는, 후회하지 않으리라 장담하는 최상의 아이템입니다! 그리고 작년에도 말했지만 가진 것 이상의 포인트를 부르면 천장의 소년과 소녀상이 비웃음을 잔뜩 흘릴 것이니 유의해 주시길 바랍니다."

작년보다 시작가가 높아졌다. 하지만 작년과 비교하면 마족들이 보유한 포인트가 늘었다.

당연한 현상이었다.

"10만."

"오호…… 대공 아리엘 님! 뛰어난 안목이십니다. 역시 이 아이템의 값어치를 알아보시는군요. 10만 포인트 나왔습니다."

"12만."

"대공 오쿨루스 님! 신중한 선택에 감사드립니다."

"15만."

"대공 우파 님! 왜 안 나오시나 했습니다! 이번 첫 번째 경매에도 모든 대공님이 참여하실지 그 귀추가 무척 기대됩니다."

"20만."

"아아, 판데모니엄 님마저! 이로써 모든 대공님이 참여하셨습니다."

아이템을 강화시킬 수 있다는 점은 대단한 매력으로 다가왔다.

만약 에픽 등급 이상의 무구에서 특성 강화가 선택된다면 이는 백만 포인트를 들여도 아깝지 않았다.

대공들의 열전에 다른 마족들은 언감생심 손을 들 생각조차 하지 못했다.

하지만······.

"30만."

나는 홀로선 자.

내가 빠질 수는 없는 노릇이었다.

드보롱이 과장되게 손뼉을 쳤다.

"백작 랜달프 브뤼시엘 님! 놀랍군요. 단번에 10만 포인트를 높여 30만 포인트가 나왔습니다. 더 안 계십니까?"

삽시간에 주변의 분위기가 찬물을 끼얹은 듯 얼어붙었다.

1년 차 마계 옥션에서 내가 누구보다 많은 포인트를 보유했고 알맹이만 골라서 가져간 걸 마족들도 알고 있었다.

하지만 그때는 마계 옥션의 존재 자체를 몰랐다.

그래서 우연의 산물이라 여겼다.

처음부터 포인트를 사용하지 않은 채 모아둔 것이라고.

번식종을 들이지 않으면 마계 옥션에서 이득을 본대도 결국은 손해다.

내가 백만이 넘는 포인트를 보유한 것을 비웃는 마족도 있었다.

그런데 2년 차의 마계 옥션에서마저 똑같은 행동을 보인다?

이건 확실히 고민해 볼 법하다.

물론 이번에도 1년 내내 포인트를 모았을 수도 있다.

문제는 그러면 최상급의 마수를 가지고 있는 게 설명이 안 된다는 것이다.

시작부터 30만 포인트를 지른 저의…….

저게 전부는 아닐 테지만 앞으로 무엇이 나올 줄 알고 아낌없이 지른단 말인가.

이제 고작 첫 번째 경매 물품일 따름이다

마족들의 머리가 바쁘게 회전하기 시작했다.

그리고 그들은 하나의 결론을 내렸다.

'허세'다!

보유한 포인트는 많아봤자 백만 안팎일 터.

처음부터 통 크게 30만 포인트를 소비해 준다면 경쟁자 한 명이 줄어드는 셈이다.

아스트랄 코드는 제법 탐이 나는 아이템이지만 목숨 걸고 구해야 할 수준은 아니었다.

"축하드립니다! 아스트랄 코드가 랜달프 님에게 낙찰되었습니다. 아이템은 경매가 끝난 직후 던전으로 이동됩니다."

드보롱이 끝을 맺었다.

정령들이 튀어나와 아스트랄 코드가 담긴 상자를 옮겼다.

나는 느긋하게 무대 위를 바라봤다.

이어 드보롱이 음흉하게 웃더니 다음 물품을 소개했다.

"여기서 끝이 아닙니다. 두 번째 경매 물품 또한 손님분들의 시선을 사로잡으리라 확신합니다. 혹시 '다르한의 검'을 아십니까? 이만 년 전 마계를 공포로 물들였던 피의 포식자 다르한! 그의 검은 피를 먹는다 하지요. 정령들이 어렵게 구한 그 검, 지금부터 소개합니다."

탁!

그때였다.

넓은 홀.

막 드보롱의 말이 끝나고 정적이 찾아오려는 찰나 내가 크게 허벅지를 때렸다.

별거 아닌 행동이지만 한차례 모두의 이목이 쏠리게 하는 데 성공했다.

나는 다시 아무렇지 않다는 듯 손을 올려 팔짱을 꼈다.

곧 어둠의 정령들이 낑낑거리며 2m 남짓 길이의 거대한 검을 가져왔다.

붉은빛이 서린 다르한의 검.

목록에서 본 바가 있고 기억에도 남아 있다.

그래도 숨겨진 옵션이 있을 수 있으니 심안을 열었다.

이름 - 다르한의 검(U)

설명 : 피의 포식자 다르한의 애검. 사용자는 자연스럽게 피를 갈
　　　 구하게 된다.

*흡수된 피의 양에 따라 힘 1~5 증가.

**지능이 낮고 오래 사용할수록 사용자의 혼이 검에 빨려 들어갈
가능성이 있다.

숨겨진 옵션의 내용에 고개를 끄덕인다.

전생에서 이 검을 구입한 마족은 정확히 11년 차가 되던 그날 검의 망령이 되었다.

본능적으로 검을 휘두르며 주변의 모든 생명체를 말살하다가 전장에서 스러졌다.

지능이라도 높았다면 모르겠지만 사용자는 마족 중에서도 최하위에 랭크된 별 볼 일 없는 자였다.

그것도 지능과 마력이 심히 낮은 육체파였으니 망령이 되는 건 당연한 수순이었다.

곧 드보롱이 의기양양한 태도로 말했다.

"시작가는 15만 포인트! 지금 기회를 놓치면 후회하게 될 겁니다. 다르한의 검은 그만한 가치가 있는 무구지요."

"15만."

이번에는 내가 먼저 입을 열었다.

"백작 랜달프 님! 랜달프 님이 참여하신 물품 중 대박 아닌 게 없었지요!"

"17만."

"후작 델라트 님! 17만 포인트 나왔습니다."

"18만."

"다시 백작 랜달프 님!"

"20만."

"후작 그로기 님! 대단한 열기입니다!"

"25만."

"오오! 더 붙지 마라! 백작 랜달프 님께서 25만 포인트를 부르셨습니다."

나는 슬쩍 다리를 떨었다.

아주 미묘한 떨림이었지만 웬만한 마족들은 그 행동을 잡아냈다.

"27만."

"후작 그로기 님! 치열합니다. 이 승부의 승자는 누가 될지 저 드보롱은 감히 예상을 못하겠군요!"

슬쩍 고개를 돌려 대공 우파의 진영을 바라보자 그곳에 선 그로기가 저열하기 짝이 없는 미소로 나를 바라보고 있었다.

도발적인 행동.

더 없느냐 물어보는 듯한 얼굴.

다르한의 검이 내게 꼭 필요한 물품이라 생각하는 듯싶었다.

나는 검의 이름이 나온 즉시 무릎을 치고 조급한 행동을 보였다.

그리 생각해도 이상하지 않았다.

'제대로 낚았군.'

의도대로다.

애석하게도 내게는 에픽 등급의 세트 아이템 '분노'가 있었다.

아무런 조건 없이 힘 7을 올려주는 데다 페널티가 있긴 했지만 스킬도 사용 가능하게 해주는 보배로운 검이다.

고작 다르한의 검 따위에 매달릴 이유가 전혀 없었다.

애꿎은 그로기만 낚여 나갔을 뿐.

나는 여기서 달리는 것을 멈췄다.

수 초의 시간이 더 지나자 드보롱이 마감을 외쳤다.

"27만 포인트에 다르한의 검이 후작 그로기 님에게 낙찰되었습니다. 축하드립니다."

그로기는 여전히 의기양양한 표정이다.

자신이 이겼다고 생각하는 모양인데, 입가를 비집고 비웃음이 튀어나오려는 걸 가까스로 막았다.

숨겨진 옵션이 뭔지 모르는 그로기는 후에 검의 망령이 될 가능성이 농후하였다.

그로기의 지능은 64.

상당히 낮은 편에 속했으니까.

스스로 자멸의 길에 들어선지도 모르고 저런 태도라니!

속이 뻥 뚫리는 기분이다.

이로써 마족들은 내가 가진 포인트의 보유량이 많지 않다고 여길 터였다.

기껏해야 50만 안팎 수준으로 생각할 것이었다.

아스트랄 코드에서 30만을 부른 건 정말 '허세'였다고 확정 지을지도 모르는 일이었다.

"이어서 세 번째 물품을 소개합니다. 저주의 대지에 존재하는 멸종된 마수, '저주받은 설인'을 정령들이 각고의 노력 끝에 사로잡았습니다. 저주받은 설인은 한때 설인의 왕이라 추앙받던 콘테고놈의 자손이지요. 저희가 내보일 상품은 새끼이지만 성체가 된다면 능히 최상급의 격까지 갖출 수 있으리라 자신합니다."

잠시 후 철창 안에 갇힌 저주받은 설인의 새끼가 모습을 드러냈다.

　1m 남짓의 몸집.

　오랑우탄과 비슷한 형태지만 조금 더 근육이 붙고 인상이 강하다.

　보통의 설인이 흰색의 털을 가졌다면 저주받은 설인은 검은색의 털을 가지고 있었다.

　만물상점에서는 팔지 않는 종.

　멸종했다 전해지기에 마계에서도 그 모습을 찾을 수 없다.

　호기심이 동한 나는 심안을 열었다.

이름 : 저주받은 설인

능력치 :

　힘 33

　지능 17

　민첩 29

　체력 41

　마력 26

　잠재력 (146/329)

특이사항 : 저주받은 설인의 새끼입니다.

스킬 : 없음

　잠재력을 보아 성체가 되어도 상급 2Lv 정도를 벗어나지 못한다.

최상급이 되리라는 말은 결국 드보롱의 과대 광고였다.

이 사실을 아는 마족이 아예 없진 않을 것이다.

저주받은 설인이 거의 멸종되었다고는 하지만 오랜 시간을 살아온 마족이라면 알 수도 있었다.

그러나 모르는 마족이 압도적으로 많으리라고 확신한다.

그리고 만약 파벌 내에 아는 마족이 없다면 바가지를 제대로 뒤집어쓰게 될 것이었다.

최상급이란 말에 흔들려 입찰하지 않을 수 없을 테니.

나로선 시작가가 기대될 따름이었다.

"시작가는 20만 포인트! 결코 비싸다고 생각하지 마십시오. 최상급의 격을 갖추게 된다면 수백만 포인트로도 쉽사리 구할 수 없습니다."

20만 포인트!

제대로 바가지다.

드보롱의 장사가 시작되었다.

나는 누군가가 먼저 손을 들기를 기다렸다.

파벌 내에서 마족들이 눈빛을 교환했다.

'확실하느냐'고 묻는 그 눈빛에 대다수의 마족이 고개를 저었다.

내가 상대의 상태창과 잠재력을 볼 수 있는 건 모두 심안이 있기 때문이다.

자세히 확인할 수 없는 그들로서는 확신을 내릴 수 없는 상황.

"20만."

순간, 누군가가 입찰을 시도했다.

"후작 그로기 님! 현명하고 고명한 선택이십니다."

그로기였다.

27만 포인트로 다르한의 검을 샀음에도 아직 여력이 있다는 게 놀랍다.

어쩌면 작년의 일을 겪고 1년 내내 포인트를 모은 것일 수도 있다. 우파가 직접 명했거나, 도둑이 제 발 저리듯 자처하여 모았거나…….

대공 우파의 파벌에는 저주받은 설인에 대해 아는 마족이 없는 듯싶었다.

"21만."

"백작 랜달프 님! 최상급의 마수를 이미 가지셨으면서 욕심이 많으시군요!"

내가 참가하는 건 필연이었다.

드보롱의 말이 끝나자 그로기가 나를 노려봤다.

"22만!"

올라가는 수치가 줄어든 걸 보면 확 지를 수는 없는 본새다.

나는 이쯤에서 빠르게 백기를 들었다.

"후작 그로기 님! 22만 포인트 나왔습니다. 더 없으십니까? 입찰하는 분이 안 계시다면 저주받은 설인은 후작 그로기 님에게 양도됩니다!"

그러길 10여 초.

입찰자는 아무도 없었다.

"저주받은 설인이 후작 그로기 님에게 낙찰되었습니다!"

드보롱이 박수를 쳤다.

나도 마음 같아선 함께 박수를 치고 싶었다.

말 한마디로 2만 포인트를 더 소진시킨 것이다.

'다량의 포인트 보유자 한 명은 제쳤군.'

다르한의 검과 저주받은 설인.

둘 다 합쳐 50만에 이르는 포인트다.

마족들의 평균 포인트가 33~34만임을 감안하면 상당한 수치였다.

50만 이상의 포인트를 보유한 마족은 많아야 열 명 내외.

그중 한 명을, 그것도 우파 휘하의 마족을 떨쳐 냈으니 앞으로의 일이 더욱 간단해질 듯했다.

그 이후로 순식간에 경매 물품 7개가 더 지나갔다.

그간 내가 구매한 물품은 없었다.

아스트랄 코드가 전부였다.

좋아봐야 다르한의 검 정도였으니 크게 욕심낼 필요가 없었던 탓이다.

하나 꾸준히 입찰을 시도하며 '척'을 하긴 했다.

이곳에 모인 모두가 적이다.

드보롱조차 쉬이 믿을 수 없다.

적을 속이고 자원을 낭비하게 만드는 건 가장 기초적인 병법이었다.

하지만 동시에 묘한 느낌도 있었다.

나를 간보고 재려는 움직임.

유독 내가 손을 든 품목에 상위 입찰하려는 자들이 존재했다.

대공 우파와 그 휘하의 마족들이다.

'역으로 바람잡이를 투입했구나.'

작년의 복수인가?

그다지 큰 움직임은 없었지만 기분이 좋지 않았다.

결국 누가 더 연기를 잘하느냐, 전략을 잘 짜느냐의 대결이었다.

지금까진 내가 이겼다.

그러나 내가 욕심낼 만한 것들이 슬슬 나오기 시작할 터.

앞으로의 일까지 장담할 수는 없었다.

1년 차 때를 생각하면 안 된다.

당시에는 내가 무척이나 유리한 자리에 있었다.

지금도 마찬가지지만 적어도 마족들이 마계 옥션의 존재를 알았고 그 중요성을 실감했다.

죄다 관찰 스킬을 배워온 걸 보면 알 수 있다.

아는 것과 모르는 것의 차이는 크다.

방심은 금물이었다.

"열한 번째 경매 물품은 모든 손님분의 눈이 휘둥그레지시리라 장담합니다. '다섯 여신상'에 대해 아는 바가 있으신다면 더욱 그렇겠지요. 아주 깊은 지저에서 발견했습니다. 다섯 여신상 중 하나, '풍요의 여신상'입니다!"

풍요의 여신상!

던전을 운영하는 마족에게 있어선 탐이 날 수밖에 없는 물건이다.

나 또한 기다리고 있었다.

떨리는 마음으로 심안을 발동시켰다.

이름 - 풍요의 여신상(Epic)

설명 : 제작자 미상. 알 수 없는 힘이 깃든 다섯 개의 여신상 중 하나. 풍요의 여신상을 놓은 자리에는 수많은 생명이 잉태된다고 전해진다.

*여신상이 놓인 주변의 생명체 중 한 가지 종에게 '여신의 축복'을 부여한다. 축복을 받은 종은 번식률이 크게 증가하며 특이체 발현 확률이 소폭 올라간다.

세계수의 하위 호환이라 할 수 있는 아이템.

대신 세계수가 '자연종'의 마수에게만 큰 효과를 발휘한다면 풍요의 여신상은 딱히 조건이 없다는 게 장점이었다.

에픽 등급 이상의 아이템은 심안을 사용하더라도 숨겨진 옵션을 볼 수 없다는 것이 안타깝긴 했지만 개의치 않았다.

풍요의 여신상에 한해선 나도 다른 마족들과 같은 수준의 지식으로 경매에 임할 수밖에 없다.

그러나 내게는 600만을 훌쩍 넘기는 압도적인 포인트가 있었다.

더불어서 다른 마족들이 가진 한계 포인트도 알아낼 좋은 기회였다.

관찰 스킬을 사용해 풍요의 여신상을 확인한 마족들이 열기를 띠었다.

등급도 등급이지만 '여신의 축복'은 던전의 운영에 커다란 이득을 가져다준다.

누구라도 욕심을 낼 수밖에 없는 아이템이었다.

바람잡이조차 필요 없었다.

모두가 손을 들고 입찰을 부르짖을 것일진대 바람잡이가 무슨 소용이란 말인가.

'하나, 승자는 나다.'

나는 빙그레 미소를 지었다.

본격적인 쟁탈전의 시작이었다.

드보롱의 표정에는 자신감이 넘쳤다.

말마따나 풍요의 여신상은 모두를 놀라게 할 만한 작품.

경매를 진행하는 이로서 자부심이 드는 건 당연지사다.

여태껏 허풍을 섞어가며 포인트를 챙겼지만 풍요의 여신상은 그럴 필요가 없었다.

'한 가지 종'에 국한되나 그런 건 아무런 문제가 안 된다.

번식이 어렵거나 강력한 종에 이 축복을 걸면 그 기댓값은 상상 이상이다.

기본 베이스가 마수 중, 예컨대 상급 1Lv의 '오우거'에게 축복을 건다고 가정해 보자.

오우거는 4만 포인트나 하는 고가의 번식종이다.

하지만 오우거는 발정기가 극히 짧아 많아야 1년에 한 번 번식하며 새끼도 고작 한두 마리씩밖에 낳지 않는다.

어느 정도 번식이 가능하게 하려면 최소한 30마리 이상이 필요하고 그를 위해선 백만 포인트 이상을 사용해야 하는데, 효율이 좋지 못해 오우거를 쓰는 마족은 별로 없었다.

하지만 축복의 '번식률'에 대한 정의는 단순히 한 번에 많이 낳는 그런 게 아니다.

번식을 촉진하기 위해 발정 또한 유발한다.

발정기가 극히 짧아 번식이 쉽지 않던 오우거의 고질적인 문제가 해결되니 1년에 두 번씩 새끼를 칠 수도 있는 것이다.

거기다가 운이 좋아 변이체, 트윈 헤드 오우거나 비슷한 상위종이 나타난다면 단번에 수십만 포인트를 득보는 것과 같았다.

마족들이라고 그 사실을 모를 리 없다.

특히 셈이 빠른 마족은 눈에 불을 켜고 풍요의 여신상을 바라봤다.

이제 고작 2년 차.

지금 저것을 손에 넣으면 그야말로 대박이다.

잘하면 다른 마족보다 몇 발자국은 앞서 나갈 수 있었다. 총력을 기울여 사수해야 할 필수 아이템이었다.

네 개의 파벌.

그리고 한 명의 중립.

70명 마족의 소리 없는 경쟁이 지금 이 순간에도 계속되고 있었다.

드보롱은 양손을 활짝 펼쳤다.

"길게 말하지 않겠습니다. 시작가는 40만 포인트. 부디 현명한 선택하시길."

어둠의 정령들은 마족들이 가진 평균 포인트를 44만 정도로 잡고 있었다.

당연히 대부분의 마족이 참여하리라 보고 선택한 시작가였다.

그러나 쉽사리 손을 드는 마족이 없다.

그럴 수밖에.

나로 인해 평균 포인트 보유량이 10만 이상 올랐다.

한 명이 포인트를 독식해 평균치가 확 올랐다는 생각은 하지 못한 듯싶었다.

당장 40만 포인트 이상을 가진 마족은 소수였고, 예상보다 훨씬 높은 시작에게 분위기가 경직되었다.

이에 드보롱도 살짝은 당황한 얼굴이다.

'2년 차에 700만에 가까운 포인트를 쌓는 건 상식적으로 불가능한 일이니까.'

전생에서 나름 많은 경험을 겪었던 나조차 우연히 얻은 게 '업적 퀘스트'다.

그로 인해 수백만 포인트의 이득을 봤다.

드보롱은커녕 어둠의 정령왕도, 이 모든 걸 설계한 마신조차도 예상하지 못했을 것이다.

누가 먼저 시작테이프를 끊을 것인가?

나는 관심 있게 지켜보았다.

"40만."

"대공 아리엘 님!"

30여 초가량의 정적.

그러나 드보롱에게 있어선 수십 분처럼 길게 느껴진 시간.

모두가 입찰할 것이라고 자신한 물건이지만 좀처럼 입을 여는 이가 없자 드보롱은 잔뜩 굳어 있었다.

아리엘의 이름을 부르는 목소리가 전보다 밝아진 걸 보면 알 수 있다.

"45만."

처음이 어렵지 그 이후는 쉽다.

"대공 오쿨루스 님! 단번에 5만의 격차를 벌립니다."

"50만."

"후작 아나스타샤 님! 엄청난 포인트를 숨겨두고 계셨군요!"

"53만!"

"공작 디펠라 님! 53만 포인트 나왔습니다. 빠르게 나아갑니다. 하지만 풍요의 여신의 값어치에 비하면 너무나 낮습니다!"

여기서 한 차례 고비가 찾아왔다.

53만.

전생에서 심안의 주인이었던 '30개의 입을 가진 공작 디펠라'를 마지막으로 경매장의 분위기는 찬물을 덮어씌운 듯 싸늘해졌다.

그 이상의 포인트를 가진 마족은 각 진영에서도 무척 드물었다.

흔히 말하는 비장의 카드.

숨겨둔 한 수를 꺼내야 한다는 말인데, 만약 이후 풍요의 여신상보다 좋은 아이템이 나온다면 한계를 측정당한 파벌은 쉽사리 입찰에 나서지 못할 수도 있었다.

그리고 설혹 나선대도 확실하게 풍요의 여신상을 얻는다는 보장이 없다.

아예 그런 걸 신경 쓰지 않을 수준의 압도적인 포인트를 보유했다면 모를까…….

"더 안 계십니까? 아무도 안 계신다면 53만 포인트에 풍요의 여신상이 공작 디펠 님에게 낙찰됩니다!"

드보롱이 급히 나섰다.

에픽 등급의 아이템.

그 효율은 무궁무진하다.

게다가 가격을 최고로 높이는 게 드보롱이 할 일이었다.

고작 53만에서 멈출 순 없었다.

어둠의 정령들이 고생하여 구한 아이템이건만 이래선 수지가 맞지 않는다.

지저에서 구했다고는 하나, 그곳은 마계에서조차 출입금

지 취급을 받는 무저갱과 같은 장소였다.

수많은 어둠의 정령이 소멸을 각오하고 들어가 고작 하나 구한 게 풍요의 여신상이다.

정령들이 경매에 올리는 아이템은 대개가 그런 식으로 구해진다.

아무도 찾지 않는 곳.

들어가지 못하는 곳.

들어가선 안 되는 곳.

그런 곳에 억지로 문을 열고 들어가 수천 년, 수만 년 이상 잠든 아이템을 꺼내 오는 것이다.

당연히 희생이 따를 수밖에 없다.

그 희생에 마땅한 보상이 주어져야 하지 않겠는가.

"풍요의 여신상! 던전을 일구는 데 필수적인 축복이 깃든, 사용키에 따라 무궁무진한 가능성을 내포한 에픽 등급의 아이템입니다. 53만 포인트. 더 부르는 분이 안 계시다면 이대로 공작 디펠라 님에게 양도됩니다!"

급하긴 급한 모양이었다.

드보롱은 평소에 하지 않던 멘트를 마구 날려댔다.

"55만."

거기서 내가 나섰다.

1차 저지선을 무너뜨린 것이다.

이미 아스트랄 코드를 구매하며 30만 포인트를 사용한 전적이 있기에 드보롱과 몇몇 마족은 제법 놀란 기색을 보였다.

천장의 소년상과 소녀상이 웃지 않는 걸 보면 55만 포인트 이상을 소유하고 있다는 뜻이므로!

도합 85만 포인트. 이미 최상위권을 달리는 보유량이다.

"백작 랜달프 님! 백작 랜달프 님께서 상위 입찰하셨습니다!"

숨통이 탁 트였는지 드보롱이 탄성을 내질렀다.

저지선이 무너지자 다시 재대결에 돌입했다.

"60만."

"숨을 죽이고 있었을 뿐이다, 대공 아리엘 님! 단번에 제치고 달려 나갑니다!"

대공 아리엘이 한 가지 물건에 집착을 보이는 경우는 거의 없었다.

특별히 좋은 무기가 아닌 이상에야 이만한 포인트를 사용할 일도 매우 드물었다.

그만큼 탐이 난다는 것이다.

대공 아리엘의 파벌이 존재하는 사이드 홀은 굳이 고개를 돌리지 않아도 될 만큼 가까이에 있었다.

사이드 홀 중앙에 위치한 아리엘이 살짝 불편한 기색으로 나를 쳐다보는 중이었다.

그녀는 1년 차의 마계 옥션에서 나를 시험한 바가 있었다.

그리고 그것은 어디까지나 자신이 '우위'에 있다는 걸 상정한 행동이었다.

한데 지금은 어떤가.

60만 포인트.

어쩌면 그녀가 풍요의 여신상을 구매하는 데 들이려는 마지노선일 수도 있겠다.

그러니 이쯤에서 그만하라는 눈치다.

슬슬 나라는 존재가 제대로 눈에 박히기 시작했다는 증거다.

당연히 멈춰줄 수는 없는 노릇이었다.

"61만."

아리엘 디아블로.

마치 산양의 뿔을 연상시키는 두 개의 그것.

마왕의 적통임을 증명하는 이마의 뿔이 약간 붉게 달아올랐다.

"백작 랜달프 님! 마치 바다와 같습니다! 그의 끝이 어디인지 알 수가 없군요!"

"62만."

"대공 아리엘 님……!"

"63만."

"다시 백작 랜달프 님! 접전입니다!"

쫘직!

아리엘이 쥐고 있던 홀의 난관에 금이 갔다.

그녀는 저돌적이고 직설적인 성격이다.

그다지 욕심이 많지는 않지만 필요 이상으로 얻게 싶은 게 있거든 마치 아이처럼 떼를 써서라도 가지려고 들었다.

우파처럼 더러운 수는 사용하지 않지만 그 탓에 휘하 마족들의 고생이 굉장했다던가?

풍요의 여신상이 어지간히 가지고 싶은 것 같았다.

하나, 나도 양보할 생각은 전혀 없었다.

아리엘 디아블로가 고개를 돌려 휘하 마족들에게 시선을 던졌다.

63만 이상의 포인트를 보유한 마족이 있는지 없는지 확인하기 위해서다.

말인즉, 그녀의 한계는 62만 포인트였다는 것이다.

하지만 안타깝게도 휘하 마족들의 표정이 좋지 않았다.

아리엘이 한차례 이를 갈곤 나를 노려보더니 홱! 고개를 돌렸다.

"더 안 계십니까? 안 계신다면 이대로 낙찰이 확정됩니다!"

더는 입찰하려는 마족이 없었다.

드보롱이 보일 듯 말 듯 한숨을 내쉬며 손뼉을 쳤다.

예상보다는 적었지만 나름 선방한 결과였다.

"축하합니다! 63만 포인트에 풍요의 여신상이 백작 랜달프 님에게 낙찰되었습니다!"

아스트랄 코드, 그리고 풍요의 여신상.

지금까지의 경매 물품 중 가장 알짜배기라 생각한 두 가지를 손에 넣었다.

다른 마족들은 내가 모든 포인트를 사용했다고 판단하고 새로이 전략을 짜기 시작할 것이다.

강적 한 명이 떨어져 나가 조금은 여유롭게 경매 물품을 선점할 수 있으리라 생각하겠지.

풍요의 여신상은 놓쳤지만 대공 아리엘 파벌이 보유한 포인트의 최대치가 62만이라는 것도 알았다.

한층 마음이 놓여도 이상하지 않다.

그러나 그들은 모른다.

모를 수밖에 없다.

내게 아직도 600만에 가까운 포인트가 남아 있다는 사실을!

나는 작게 미소 지었다.

'방심해라. 아예 나라는 존재를 잊어라. 그리고 놀라도록.'

상식이 파괴되는 순간 그들은 정신을 차릴 수 없을 터였다.

아니, 내가 정신을 차릴 수 없게 만들 작정이었다. 쥐고 흔들며 공황상태로 몰아갈 것이다.

정신을 차렸을 때쯤이면 이미 모든 상황이 종결된 채 백기를 휘두르는 자신을 발견하게 되리라.

지금까지는 몸풀기에 불과했다.

이제부터가 진짜다.

계속해서 나오는 물품에 나는 20만 포인트 내외로 입찰하며 적당히 간을 봤다.

마족들 역시 나를 신경 쓰는 기색은 없었다.

그저 남은 소량의 포인트로 물건을 하나라도 더 건져 보려고 발악하는 것처럼 보았을 따름이다.

그리고 15번째.

현자의 비약이 나왔다.

유니크 이하의 스킬 등급을 한 단계 올려주는 절세의 비약.

심안의 등급을 올리고자 작년 마계 옥션에서 즉시구매 했던 아이템이었다.

시작가는 15만이었고 가격은 순식간에 30만을 돌파했다.

모두가 눈치를 보며 쉽사리 상위 입찰을 하지 못할 그때.

"32만."

나는 나지막하게 입을 열었다.

결국 32만 포인트에 현자의 비약을 낙찰받았고, 마족들은 새삼스럽다는 듯 나를 흘겼다.

설마하니 더 있겠느냐는 눈빛.

벌써 125만 포인트를 사용했는데 아직도 보유한 포인트가 있을 리 없다고 확정 지은 태도.

그들은 아직 상식 '안'에서 행동하고 있었다.

그러나 계속해서 상식 안에 안주할 수 있을지는 모르는 일이었다.

"열일곱 번째 경매 물품은…… 놀라지 마십시오. 대지룡의 시체입니다! 대지룡의 딱딱한 비늘과 뼈가 한 점 손상 없이 깨끗하게 남아 있는, 마치 당장에라도 살아 움직일 듯한 그 자태를 지금 확인하십시오!"

경매는 빠르게 진행됐다.

마침내 열일곱 번째에 이르렀고 드보룡의 말이 끝난 순간 마족들은 귀를 쫑긋 세울 수밖에 없었다.

대지룡!

마룡과 마찬가지로 초월의 영역에 깊게 발을 들인 최상급 4Lv의 마수다.

하지만 일반적인 용이라고 할 수는 없었다.

거대한 숲 하나의 정기를 모조리 빨아들이고 태어나는 게 대지룡인 것이다.

특수한 정령이 아주 오래된 숲에서 특정 조건을 만족하면 숲을 매개 삼아 '용'으로 변모한다는 게 정설처럼 받아들여지고 있었다.

그러나 그 외에는 그다지 알려진 게 없는 신비에 싸인 종이었다.

한데 대지룡의 시체라니?

무언가 연구하길 좋아하는 마족이라면 욕심을 낼 수밖에 없다.

굳이 그런 게 아니더라도 대지룡의 시체는 충분히 가치가 있었다.

당장 드워프에게 가져다주면 유니크 등급의 장비를 몇 개나 만들 수 있을 것이었다.

무언가의 재료로 사용하기엔 넘치는 소재였으니까.

잠시 후 어둠의 정령들이 거대한 수레에 대지룡의 시체를 담아왔다.

그 크기만 20m에 다다르는 거대한 몸집.

초록색의 광택이 살아 있는 비늘이 전신에 덮여 있었다.

공허하게 비어버린 두 눈은 꼭 혼돈을 보는 듯했다.

그 사이의 뼈에서 느껴지는 마력의 질도 나무랄 게 없었다.

짙게 농축된 대지룡의 마력이 뼈에 그대로 담겨 있었던 것이다.

상태는 매우 양호했다.

말 그대로 살아 움직일 것만 같은 위용을 뽐냈다.

'괜찮군.'

나는 고개를 끄덕였다.

훌륭한 소재.

욕심이 나는 물품이다.

'언데드로 제조해도 나쁘지 않겠어.'

크리슬리를 통해 대지룡의 시체에 새롭게 생명을 부여할 수 있었다.

아직 언데드 제조 스킬의 등급과 숙련도가 부족해서 이만한 소재를 전부 살릴 순 없겠지만…….

그거야 시간을 두고 기다리면 될 일이었다.

보존 마법이 걸린 장소에 시체를 보관한 뒤 크리슬리의 언데드 제조 스킬이 능숙한 경지에 이르거든 그때 꺼내도 늦지 않았다.

운이 좋으면 언데드의 최고봉이라 일컬어지는 최상급 2Lv의 마수 '본 드래곤'을 만들어낼 수도 있겠다.

희망사항에 불과했으나 크리슬리라면 불가능하진 않을 터다.

게다가 시체의 상태도 매우 양호하니 충분히 기대를 걸어

볼 만하다.

'아돌의 던전에서 구했던 상급 마수의 시체들은 죄다 뭉개져 쓸 수가 없었지.'

속성별 고렘에 의해 완전히 뭉개져 버렸다.

상당히 아쉬웠던 걸로 기억한다.

어쨌거나, 이러한 생각을 하는 게 나뿐만은 아닐 것이다.

언데드 관련 스킬을 익힌 마족도 꽤 있었다.

그들의 눈빛이 특히 빛나기 시작했다.

"시작가는 30만! 아무리 시체라고는 하나, 대지룡입니다. 그 효용에 대해서 말하자면 입이 아픕니다. 그리고 이번 기회가 아니면 다신 구할 수 없을 가능성이 무척 높습니다!"

맞다.

어디 가서 대지룡의 시체를 구한단 말인가.

보통의 대지룡은 죽으면 다시 숲으로 돌아간단 이야기가 있었다.

저런 식으로 잘 보존되어 있는 대지룡의 시체는 정말 유일무이할 수도 있었다.

"30만."

"대공 판데모니엄 님! 격에 맞는 시체이니 결코 후회하지 않으실 겁니다!"

"35만."

"오오, 공작 디펠라 님!"

"40만."

"이것은 반드시 얻어야지요. 후작 아나스타샤 님!"

마족들이 보유한 포인트 상황은 거의 다 까발려진 상황이었다.

더는 거칠 게 없다는 뜻.

5만씩 마구 올라가는 게 그 이유다.

적을 알고 자신을 아니 질 수 없다고 생각하는 마족들이었다.

"43만!"

"공작 디펠라 님! 시체의 괜찮은 사용법이라도 떠오른 걸까요? 하지만 40만을 넘겨서 그런지 올라가는 폭이 작아집니다. 그래도 벌써 43만을 달립니다!"

쯧!

후작 아나스타샤가 혀를 찼다.

더는 입찰하지 않겠다는 의미다.

"45만."

"대공 우파 님! 오랜만의 참여이시군요. 45만 포인트 나왔습니다. 더 안 계십니까?"

우파는 아스트랄 코드를 입찰할 때를 제외하면 한 번도 참가하지 않았다.

심지어 풍요의 여신상의 경매가 진행될 때조차 수수방관하였다.

대지룡의 시체를 우파가 왜 구매하려 하는지 나도 알 수는 없지만, 그가 참가했다는 사실이 중요했다.

'그럼……'

나는 다리를 꼬고 앉았다.

이어서 느긋하게 좌석에 허리를 붙이고 팔짱을 낀 뒤 매우 여유로운 목소리로 말했다.

"50만."

아스트랄 코드 30만, 풍요의 여신상 63만, 현자의 비약 32만…… 그리고 대지룡의 시체 50만.

지금까지 내가 부른 포인트 총합만 벌써 175만에 다다랐다.

드보롱마저 잠시 할 말을 잃고 나를 바라봤다.

마족들의 반응도 매한가지였다.

어찌 한 마족이 그만한 포인트를 2년 차에 보유할 수 있단 말인가!

아예 사용하지 않고 모아도 100만 언저리가 한계다.

일반적으로 던전에 들어오는 각성자를 처리하면 그 정도가 된다.

하지만 던전의 내정을 하는 데 들어가는 포인트는 상상을 초월한다.

100만을 번대도 그것을 모두 모으는 건 불가능하다.

그럴진대 175만이라고?

"말도 안 돼!"

우파 진영의 한 마족이 경악하며 외쳤다.

그로기다.

다르한의 검을 낙찰받았을 때만 하더라도 의기양양했던 그 표정이 온데간데없다.

잔뜩 일그러진 얼굴로 그로기는 나를 바라보다가 시선을 옮겨 천장을 주시했다.

보유한 포인트가 50만이 안 된다면 필시 천장의 소년과 소녀상이 비웃음을 흘릴 것이다.

하지만 그것은 그로기의 희망사항일 뿐이었다.

아무리 기다려도 천장에 매달린 소년과 소녀는 웃지 않았다.

찰나와 같은 시간이 지나가고 그로기가 다시 나를 쳐다봤다.

복잡 미묘.

하지만 확실하게 '분노'가 담긴 눈빛.

자신이 낚였음을 재차 깨달은 것이다.

반드시 필요한 것처럼 굴던 다르한의 검이 결국은 미끼였음을 알아차렸다.

나는 낚시꾼이었고 그로기는 물고기였다.

헛바닥이 꿰뚫린지도 모른 채 으스댈 정도로 멍청하기 짝이 없는 물고기!

으드득!

그로기가 몸을 떨어댔다.

이를 가는 소리가 적나라했다.

연이은 굴욕이다. 하지만 이곳은 마계 옥션이었다.

자신의 실책이 파벌에 영향을 줄 수도 있었다.

그저 부르르 몸을 떨어대는 게 그로기가 할 수 있는 전부였다.

"50만! 50만 포인트 나왔습니다. 백작 랜달프 님이 입찰하셨습니다!"

잠시간의 정적을 깨며 드보롱이 외쳤다.

방금 전 드보롱이 놀란 이유는 다름이 아니다.

거침없이 50만을 부르면서도 여유로운 나의 모습에 꿀 먹은 벙어리처럼 할 말을 잃었다.

175만이 끝이 아니리라는 강렬한 확신.

그렇다면 과연 그 끝이 어디일지 상상하자 한순간 눈앞에 먹먹해졌다.

이는 드보롱이 정령이기에 할 수 있는 생각이었다.

조금 더 넓게 바라보는 게 가능했기에 내가 엄청난 포인트를 보유했으리라고 확신할 수 있었다.

반대로 마족은 그렇지가 않다.

마족은 자신이 보고 싶은 것만 본다.

편집적인 성향이 유독 강했다.

내가 포인트를 높게 부를 때마다 '저게 끝이다'란 안이한 판단을 내린다.

자신들이 보유한 포인트가 적으니 나 역시 그러리라 정해 버리는 것이다.

하지만 그 안이한 편견은 조금씩 깨지고 있었다.

내가 직접 붙잡고 흔들며 얄팍하기 그지없는 보호막에 금을 내는 중이었다.

드보롱이 박수를 쳤다.

"대단합니다! 대지룡의 시체까지! 이로써 벌써 4개의 물품이 백작 랜달프 님에게 낙찰되었습니다!"

30초가량의 시간이 지났지만 아무도 상위 입찰을 시도하는 마족이 없었다.

나는 당연하다는 듯 한 차례 고개를 주억였다.

포인트 대결로 가면 내가 승리하는 건 당연한 수순.

저들이 나를 이길 방도는 없었다.

잠시 후 드보롱이 헛기침을 내뱉으며 입을 열었다.

"자, 아직 남은 물품은 많습니다! 다음 물품으로 말씀드릴 것 같으면……."

말을 하는 도중 드보롱의 표정이 급변했다.

장난기가 사라지고 얼굴이 굳는다.

경매를 진행하고 있었다는 사실조차 있은 듯 진중하기 짝이 없는 태도.

마치 보이지 않는 누군가에게 이야기를 듣는 모습이었다.

'마력의 간섭이 느껴지는군.'

미약하게 느껴지는 제3자의 마력을 통해 나는 드보롱에게 누군가가 간섭을 해왔다는 걸 알아차릴 수 있었다.

나와 이히가 연결된 것처럼 드보롱과 연결된 누군가가 통신을 시도한 것이다.

하지만 드보롱은 최상급의 정령이다.

어지간한 일은 턱 끝으로 해결하는 게 가능했다.

그와 연결된 이라고 해봤자 무척이나 한정적이다.

그가 직접 저런 표정을 지으며 보고를 받아야 할 이라면.

'정령왕이군.'

어둠의 정령왕.

그래, 있다면 정령왕밖에 없었다.

그의 통신이라면 드보롱이 긴장할 만했다.

수십여 초의 시간이 흐르고 미약하게 침음을 흘린 드보롱이 얼굴을 들었다.

"죄송합니다. 잠시 쉬는 시간을 가지겠습니다. 필요한 게 있으시다면 근처의 일꾼들에게 말하십시오. 최대한 편의를 봐드리겠습니다."

고개를 숙인 드보롱이 무대의 뒤로 사라졌다.

이후 급이 낮은 어둠의 정령들이 나타나 마족들의 근처로 다가갔다.

'정령왕의 호출이라…….'

내게 다가온 정령이 사근사근 웃으며 어깨를 주무르기 시작했지만 내 신경은 오로지 드보롱에게 쏠려 있었다.

전생을 통틀어서 정령왕이 경매에 간섭한 경우는 매우 적었다.

아주 중대한 사안이 있을 때에만 드보롱을 통해 이야기를 전달하곤 했다.

무슨 일일까?

나는 한동안 고민하며 드보롱이 다시 나타나길 기다렸다.

약 30분 후 드보롱이 무대 위로 올라왔다.

그가 짧게 고개를 숙이고는 입을 열었다.

"오래 기다리셨습니다. 경매는 정상적으로 진행될 예정이오니 걱정하지 마십시오. 그리고 17번째 경매 물품 '대지룡의 시체'를 가져가신 백작 랜달프 님께 다시금 축하의 말씀을 전합니다."

이어 드보롱이 시선을 옮겨 나를 바라보더니 야릇한 미소를 흘렸다.

나는 살짝 미간을 찌푸렸다.

이미 한 차례 축하 인사를 전했음에도 굳이 반복한다?

게다가 저 미소는 여태껏 보인 드보롱의 그것과는 전혀 다른 느낌이었다.

아무런 의미도 없으리란 생각은 들지 않았다.

그도 그럴 게 드보롱이다.

행동 하나하나에 의미를 두고 사기를 치는 사기꾼이 그였다.

그저 웃음이 나왔다는 이유로 넘기기엔 미심쩍은 부분이 많았다.

"자, 여기서 끝날 수는 없는 노릇이지요. 아직 공개되지 않은 아이템이 많습니다. 또한 지금 무대 위로 올라올 18번째 물품 역시 매우 만족하시리라 장담합니다. 모든 손님분의 심미안을 만족시킬 그 아이템, '달의 눈물'입니다!"

일꾼 정령 한 명이 아름답게 꾸며진 상자 하나를 가져왔다.

드보롱이 상자를 건네받고 그것을 열자 그 안에 작은 물방울 하나가 동동 떠 있었다.

그것을 본 나는 내심 당황하고 말았다.

'다르다.'

드보롱이 사전에 전한 경매 목록.

그중 '달의 눈물'은 없었다.

몇 번이나 보고 외웠기에 확실하다.

나오지 말았어야 할 물건이 나왔다.

미처 염두에 두지 못한 일.

정령왕의 호출을 받은 뒤 목록이 갱신됐음이 분명했다.

왜? 라는 의문이 가장 먼저 떠올랐다.

딱히 물건을 바꾼대도 정령들은 크게 득을 볼 게 없었다.

어차피 마족이 가진 포인트는 한정적이었다.

목록에 있는 물품만 배치한대도 충분히 소진시킬 수 있을 수준이었다.

거기서 나는 조금 전 드보롱의 야릇한 미소를 떠올렸다.

'혹…… 어둠의 정령왕이 내게 보내는 메시지인가?'

확정할 순 없었다.

일단은 경매가 진행되는 추이를 지켜볼 필요가 있었다.

"달의 눈물로 설명해 드릴 것 같으면 엄청난 마력의 집약체입니다. 달의 마력을 억겁의 세월 동안 모으고 정제시킨, 사용하기에 따라서 여러분의 능력치를 대폭 올려줄 절호의 아이템! 이 영롱한 빛을 보십시오. 보고만 있어도 황홀하지 않습니까?"

드보롱이 신이 난 것처럼 주절주절 이야기를 떠벌렸다.

그의 말마따나 물방울은 은은하게 빛을 내뿜고 있었다.

꼭 달에서 뿜어지는 빛과 같았다.

나는 마음을 추스른 후 심안을 열었다.

이름 - 달의 눈물

설명 : 달의 마력이 자연적으로 집약된 마력의 결정체. 섭취할 경
　　　우 순수 마력이 80 이하일 시 3의 마력을, 85 이하일 시 2
　　　의 마력을, 90 이하일 시 1의 마력을 올려준다.

**매우 낮은 확률로 '달의 저주'에 걸린다.

숨겨진 옵션이 있었다.

하지만 매우 낮은 확률이라면 크게 신경 쓸 필요는 없을
것 같았다. 문제는 과연 저 물품을 내가 구매하느냐 마느냐
는 것이었다.

물론 능력치를 올려주는 아이템은 귀하다.

내 순수 마력은 정확히 85. 섭취한다면 무려 2의 마력을
올릴 수 있었다.

구매하는 건 당연한 일이지만, 드보롱과 정령왕의 의도가
걸린다.

'일단…….'

나는 드보롱을 바라봤다.

그 의도가 무엇인지 모르겠으나 달의 눈물은 내게 필요한
것이었다.

단순히 의도가 걸린다고 주는 걸 마다할 순 없는 노릇.

'장단에 놀아주마.'

그러니 구매한다.

의도는 천천히 경매를 진행하며 알아내면 그만이었다.

"시작가는 25만 포인트입니다. 마력이 낮은 손님이라면 서두르십시오. 이번 기회를 놓친다면 다신 구할 수 없습니다!"

"25만."

"……백작 랜달프 님!"

마족들이 멈칫한다.

그리곤 살짝 질렸다는 기색으로 나를 바라본다.

하나 나는 개의치 않고 가만히 드보롱만 주시했다.

"27만."

"오랜만이군요. 후작 델라트 님! 27만 포인트 나왔습니다. 결코 후회하지 않을 선택! 입찰을 서두르십시오!"

"28만."

"이런, 처음 뵙겠습니다. 공작 스구프 님!"

"30만."

"대단한 저력입니다. 백작 랜달프 님께서 30만 포인트로 앞서 나갑니다."

입찰을 하려는 마족이 뜸해졌다.

30만 포인트 이상을 보유한 마족은 상위의 계급인 경우가 많았고 그를 증명하듯 높은 능력치를 가지고 있었다.

마력이 2나 오르는 건 구미가 당기지만 아직 나올 아이템이 많았다.

마력 2쯤은 가볍게 상회할 효율을 지닌 무구가 나와도 이상할 게 없었다.

다르한의 검만 보더라도 피를 흡수한 양에 따라 최대 5의 힘을 올려주지 않던가.

"축하합니다. 달의 눈물이 낙찰되었습니다!"

30만 포인트면 적절한 가격이었다.

달의 눈물을 얻었지만 마음을 놓을 순 없었다.

여기서 끝이 아닐 것이었다.

목록이 바뀌었다는 것을 아는 마족은 나뿐이었다.

그렇다면 다음 경매 물품으로 무엇이 나오느냐에 따라서 그 의도를 대충 짐작할 수 있을 터.

"그럼 바로 19번째 경매 물품을 소개해 드리도록 하겠습니다. 이전 아이템과 대비되는 그것! '태양의 미소'입니다!"

역시…….

목록에는 없었던 아이템이다.

달의 눈물과 태양의 미소.

하나의 짝을 이루는 듯한 이름이지 않은가.

마치 이 두 가지를 꼭 사라는 압박처럼 느껴지기도 했다.

나는 즉시 심안을 발동시켰다.

이름 - 태양의 미소

설명 : 태양의 마력이 자연적으로 집약된 마력의 결정체. 섭취할

경우 순수 지능이 80 이하일 시 3의 지능을, 85 이하일 시 2의 지능을, 90 이하일 시 1의 지능을 올려준다.

**매우 낮은 확률로 '태양의 저주'에 걸린다.

달과 태양, 마력과 지능이 바뀌었을 뿐 판박이 아이템이었다.

이 두 가지를 동시에 섭취하면 따로 추가되는 옵션이라도 있는 것일까?

달의 눈물, 태양의 미소.

둘 다 전생에서 나온 적은 있지만 한참 뒤의 일이었다.

그리고 구매자도 각각이라 동시에 섭취한 마족은 없었다.

무슨 효과가 나타날지 확신할 수 없는 상황.

'어찌한다.'

나는 턱을 괴었다.

어둠의 정령왕이 내게 보내는 메시지를 확실히 알아야 했다.

적인가, 아군인가.

실인가, 득인가……

이 판에서 영원한 동맹은 없다.

우리가 비록 은밀한 협약 관계 아래에 놓여 있다고는 하나 언제 뒤통수를 때려도 이상할 게 없었다.

하여, 나는 더욱 신중해질 필요가 있었다.

"이번에도 마찬가지로 시작가는 25만입니다! 태양의 미소는 달의 눈물과는 달리 지능을 올려주는 절세의 비약! 이 기회를 놓치지 마시길."

말이 끝나고 한참이 지나, 겨우 한 명이 입을 열었다.

"25만."

"후작 아나스타샤 님! 25만 포인트 나왔습니다. 더 안 계십니까?"

드보롱이 주변을 돌아보며 말했다.

그러나 지능은 다소 외면받는 능력치다.

다른 능력치와 다르게 직접적으로 느껴지는 바가 적기 때문이다.

아무도 상위 입찰을 하는 자가 없었다.

나 역시 고민 중이었고.

하지만 이왕지사 시작했다면 끝을 봐야 한다는 생각이 없지 않았다. 결론을 내린 뒤 입을 열었다.

"26만."

이로써 231만.

경매가 진행되며 사용한 포인트의 총합이다.

소년상과 소녀상은 여전히 웃지 않았다.

그만한 포인트를 가지고 있다는 뜻.

이쯤 되자 마족들은 궁금해하지 않을 수 없었다.

대체 무슨 수로 저만한 포인트를 모았을지에 대해서 말이다.

던전으로 들어오는 각성자는 나날이 줄어드는 추세였다.

첫해가 오히려 포인트 수익이 더 나았다.

그러나 나는 첫해보다 더욱 많은 포인트를 소유했다.

무슨 비법이 있으리라 여겨도 이상하지 않았다.

몇몇 마족의 눈에 탐욕과 흥미가 떠올랐다.

어지간한 일에는 관심조차 두지 않는 대공 오쿨루스마저 내게서 시선을 떼지 못했다.

하나 나는 그들을 신경 쓸 여력이 없었다.

"26만 포인트에 태양의 미소가 낙찰되었습니다. 백작 랜달프 님 축하드립니다!"

드보롱이 크게 숨을 들이마셨다.

이후 곧장 다음 경매로 넘어갔다.

"대망의 스무 번째 물품입니다. 그리고 작년 경매에서 봉인된 무구가 몇 번 나왔던 것을 손님분들도 기억하실 겁니다. 운이 좋으면 에픽 등급의 아이템도 얻을 수 있는 그것. 올해도 빠지지 않고 나왔습니다. '봉인된 망토'입니다!"

드보롱의 말이 끝나기 무섭게 정령들이 가지고 나온 것.

어두운 진홍빛의 망토였다.

허름하기 짝이 없었고 곳곳에 그을음이 있었다.

이번 경매에 처음 선보이는 봉인된 무구였다.

다른 마족들은 몰라도 나는 이 무구의 옵션을 확인할 수 있었다.

심안을 열자 장문의 메시지 창이 허공에 떠올랐다.

이름 - 나래(Epic, Set Item)

설명 : 신들조차 반해 버린 신화적인 대장장이 오스웰의 마지막

작품. 7대 죄악을 모티브로 만들었지만 강력한 사념이 깃들어 이 작품을 마지막으로 오스웰은 미쳐 버렸다고 전해진다.

"왕의 유일한 덕목은 나태일지니!"

*민첩+7, 7일에 한 번 에픽(Epic) 등급 스킬 '나태'를 사용 가능

['7대 죄악' 세트 아이템을 발견하였습니다. 같은 종류의 세트 아이템을 모으면 모종의 효과가 더해집니다.]

[봉인의 등급이 매우 높아 페널티가 주어집니다.]

[72시간 동안 힘이 10 저하됩니다.]

나는 가만히 허공을 주시했다.

작년에 이어서 또다시 7대 죄악에 해당하는 세트 아이템이 떠오른 것이다.

평상시였다면 주먹을 불끈 쥐어도 남았겠지만, 마냥 기뻐할 수는 없었다.

달의 눈물과 태양의 미소.

기다렸다는 듯이 나온 나태.

이 일련의 과정은 결코 평범하지 않았다.

'나를 시험하고 있군.'

작게 혀를 찬다.

드디어 정령왕의 의도를 알게 되었다.

봉인된 무구라고는 하지만 정령왕은 필시 나태의 존재를

알고 있을 것이다.

어쩌면 내가 분노를 가져간 것 역시 깨닫고 있을지도 모른다.

'봉인을 꿰뚫어 볼 수준 높은 관찰 스킬의 소유자. 막대한 포인트의 보유자…….'

그래서 시험이다.

어째서인지는 모르겠지만 정령왕은 나를 간보고 있었다.

좋은 물건을 던져 주며 '능력이 된다면 구매하라'는 메시지를 보내고 있었다.

이 능력이란 아이템을 볼 줄 아는 안목과 막대한 포인트의 소지다. 그리고 그 의도대로 나는 달의 눈물과 태양의 미소를 구매했다.

적어도 지능과 마력을 눈에 띄게 올려준다는 점에서 그 둘은 매우 좋은 아이템이었던 탓이다.

그런데.

'나태라.'

하필이면 7대 죄악 중 하나인 나태가 나왔다.

딜레마였다.

내게 꼭 필요한 아이템.

이미 그중 하나인 분노를 소지하지 않았던가.

나태마저 손에 넣는다면 급전적인 전투력의 상승은 당연지사다.

그러나 저것을 확정하며 구매하는 순간 정령왕의 의도대로 일이 진행된다는 게 문제다.

하나 가장 큰 걸림돌은 정령왕이 나머지 7대 죄악 아이템을 가지고 있을 경우였다.

나머지 다섯 개의 아이템으로 암처에서 나를 움직이려 든다면 그때 나는 조금이라도 흔들리지 않을 수 있을까?

실리를 따져서 계산해 본 뒤 '움직이는' 쪽으로 결정될 가능성이 매우 높았다.

나는 나를 잘 안다.

'반드시 물 수밖에 없는 미끼.'

가만히 미간을 주무른다.

나태를 구매하는 순간 심안이라는 내 밑천을 정령왕에게 내보일 수밖에 없다.

막대한 포인트를 소지한 것이야 애당초 모두에게 드러낼 셈이었으니 걸릴 게 없다지만……

쯧.

내심 혀를 찬다.

이러니저러니 해도 결국 나태는 구매할 수밖에 없다는 걸 깨달았기 때문이다.

"이 봉인된 망토를 자세히 보십시오. 단순히 헤지고 찢어진 오래된 망토가 아닙니다. 혹시 '오스웬'을 아십니까? 마계에 떨어진 비운의 대장장이. 그러나 신들마저 반하지 않을 수 없었던 신화적인 존재! 이 망토는 그가 죽어 백골이 된 동굴에서 우연히 구한 것입니다. 필시 예사 물건은 아닐 테지요."

드보롱이 말했다.

봉인된 무구.

정령도 딱히 확인할 방법은 없다.

하지만 구한 장소와 아이템의 외견에 따라서 유추할 수는 있었다.

동시에 마족들이 술렁대기 시작했다.

오스웬을 모르는 마족은 없었다.

그가 남긴 무구 중 뛰어나지 않은 게 드물었다.

하늘을 가르고 땅을 움직이게 만들 위력을 자체적으로 품고 있었다.

우연찮게 오스웬의 무기를 얻은 마족이 귀족과 대등할 수준의 힘을 발휘했다는 이야기는 더 이상 농담거리조차 되지 않았다.

오스웬의 무기가 나타날 때마다 마계에 엄청난 지각변동을 일으켰다.

물건 하나 얻자고 수차례 전쟁이 벌어질 정도이니 오죽하겠는가.

대공 아리엘.

특히 그녀의 눈이 번쩍였다.

지금은 없지만 마계에 있었을 당시 그녀는 오스웬이 만든 무기를 즐겨 사용했다.

그중 아리엘의 전면 특허 스킬 '어비스 소드'가 오스웬의 검을 통해 재현되는 날이면 대지가 찢어지며 수많은 마족이 가루처럼 산화되었다.

그러나 72명의 마족이 경합을 벌이는 게임이 시작된 직후 모든 것을 마계에 두고 올 수밖에 없었다.

손에 익지 않은 무기도 전혀 장애가 될 게 없는 웨폰 마스터가 그녀라지만 아쉬움이 따르는 건 당연했다.

비록 망토라고는 하나, 구매 가치는 충분하다.

오스웬의 이름은 그 정도로 훌륭한 것이었다.

'작정을 했군.'

나는 이마를 지그시 눌렀다.

나태임을 알려주진 않았다.

하지만 이만큼의 정보를 공개했다는 것은 제대로 경합을 벌여보란 이야기다.

달의 눈물과 태양의 미소, 그도 모자라 나태까지 알아보고 구매할 저력이 있는지 확인하겠다는 것.

뻔히 보이는 속에 웃음이 나올 지경이었다.

드보롱은 예의 음흉한 미소를 지어 보이며 입을 열었다.

"이번 봉인된 물품은 예외적으로 포인트 시작가를 높이겠습니다. 30만. 30만 포인트입니다!"

"30만."

"대공 아리엘 님! 이번에는 반드시 낙찰받으시기를 바랍니다!"

가장 먼저 손을 든 건 대공 아리엘이다.

그녀는 투지를 불태우며 전투적인 자세로 임하고 있었다.

여태껏 구매한 아이템이 없으니 아리엘의 포인트 한계는

62만 언저리였다. 풍요의 여신상으로 쟁탈전이 벌어질 때 한계가 드러난 바가 있었다.

"35만."

"공작 디펠라 님!"

"60만."

"……대공 아리엘 님! 경합조차 귀찮다! 이건 그냥 가져가겠다는 거군요!"

일순 정적이 돈다.

단번에 25만 포인트가 뛰어버린 건 이번이 처음이었다.

그만큼 그녀는 나태를 욕심내고 있다는 뜻이었다.

오스웬의 이름도 있지만 아리엘은 안목이 매우 뛰어나다.

일전 분노가 경매 물품에 나왔을 당시 입찰을 시도한 것처럼 그만한 값어치를 가지고 있음을 단박에 알아본 것이다.

당연히 이후 입찰하는 마족은 나오지 않았다.

애당초 60만 포인트 이상을 소지한 마족 자체가 거의 없었다.

"63만."

"아니, 백작 랜달프 님! 대단한 저력입니다. 그리고 어쩐지 익숙한 수치입니다."

있어봐야 나 정도?

드보롱이 고개를 내저었다.

이미 아리엘의 한계치를 알고 있는 상태에서 63만을 부른 게 짓궂다고 여긴 모양이었다.

실제로 아리엘의 표정은 볼만했다.

찌푸려진 눈썹, 꾹 닫힌 입매. 척 봐도 무척 심기가 불편함이 느껴졌다.

하지만 거기서 끝이 아니었다. 이내 두 뿔이 길어지며 더욱 날카롭게 변하기 시작했다. 붉은 눈에선 피가 뚝뚝 흐를 것만 같았다. 이어 그녀는 사이드 홀을 박차고 나가 어느덧 내 앞에 섰다.

나는 어깨를 으쓱하며 자리에 그대로 앉아 있었다.

경매에서 적의 한계를 파악하고 그보다 상위 입찰하는 건 기본적인 전략이다.

"포인트로 안 되니 힘으로 밀어붙이겠다는 건가?"

"무례한 놈, 나를 누구라고 생각하느냐. 그따위 저열한 짓은 하지 않는다."

그녀는 대공 아리엘이다. 막무가내인 경향이 있긴 했지만 모든 대공 중 가장 고고한 품격의 소유자.

나도 그건 인정하고 있었다.

우파는 음흉하고, 판데모니엄은 비관적이며, 오쿨루스는 무슨 생각을 하는지 알 수가 없다.

그나마 정상적인 성격이라는 거다.

하지만 누가 봐도 화가 난 기색이 역력한데 그 말을 곧이곧대로 믿을 순 없는 노릇이었다.

"저…… 지금은 경매가 진행 중입니다. 경매에 지장이 가는 행동은 삼가주시길 부탁드립니다."

지켜보던 드보롱이 첨언했다.

마계 옥션은 절대로 분란의 장소가 되어선 안 된다.

서로가 포인트만을 가지고 경쟁하는 게 정령들의 입장에선 최고의 일이었다.

당연히 분란을 일으키는 이의 입장을 제한할 수밖에 없었다.

그를 모를 아리엘이 아니다.

고작 2년 차.

앞으로도 무수하게 기회가 많을진대 일을 그르칠 만큼 그녀는 멍청하지 않았다.

"너의 능력이 출중하다는 걸 인정해 주마."

화가 잔뜩 난 얼굴로 칭찬을 내뱉어 봤자 와 닿지 않는다.

아리엘은 천천히 이어서 말했다.

"그러니 랜달프 브뤼시엘, 내 휘하로 들어오라."

느닷없는 영입 제안.

모든 마족이 지켜보는 가운데 진행된 일이다.

이 대담함에 나도 잠시 할 말을 잃을 수밖에 없었다.

잠시 후.

나는 작게 고개를 내저었다.

나는 이미 한 차례 거절한 적이 있었다.

물론 그녀의 시험일 따름이었지만, 어쨌든 거절은 거절이다.

그럼에도 다시 한 번 접촉해 왔다는 건 예삿일이 아니다.

하물며 장소의 문제도 있었다.

이곳은 경매장이 한창 진행 중인 곳.

모든 대공과 마족이 지금의 우리를 바라보고 있었다.

나는 눈을 게슴츠레하게 뜨고 아리엘에게 시선을 던졌다.

'이상하군.'

아리송하다.

아리엘은 지략가가 아니다.

생각보다 행동이 먼저 튀어 나가는 마족.

그런데 지금 타이밍에 나서서 나를 몰아가는 건 최고의 선택이었다.

내가 고개를 끄덕인대도 그녀로선 손해 볼 게 없었고 거절한다면 명분이 생긴다.

본능적인 행동인가, 아니면 계산된 계략인가?

그것도 아니면 정말 회유하려는 작정인가…….

도무지 알 수가 없었다.

"거절한다. 누군가의 밑에 있는 건 성미에 안 맞아. 차라리 군림이라면 모를까?"

어쨌든 나는 묵묵하게 답했다. 그리고 확실하게 내 진정한 목적을 말했다.

처음부터 이곳에 모인 모든 마족은 적이었다.

그것이 조금 공론화될 따름이니 크게 개의치 않았다.

대공 아리엘이 표정을 굳혔다.

"거절로도 모자라 군림을 논하다니……. 그것도 나 아리엘의 앞에서 말이다."

'참으로 발칙한 녀석이지 않은가.'

라고 작게 덧붙인 그녀가 자신의 뿔을 한 차례 쓰다듬었다.

그러자 뿔이 원래의 모습대로 짧아졌다.

"이제껏 마계에선 대공이라 칭한 자 네 명이 군림해 왔다. 나 역시 그중 하나이지. 이는 아주 오랜 시간 동안 변치 않았느니라. 한데 너는 자신이 한 말이 무슨 뜻인지 알고 있는 것이냐?"

"마계의 율은 오직 하나다. 강자가 약자를 먹는 것!"

나는 대놓고 아리엘을 부정하고 비웃었다.

계급 따위가 무슨 상관이냐.

강자독식.

강자가 모든 걸 가지는 게 마계다.

그곳의 절대적인 율법이었다.

마계에 있을 때 나는 대공들에게 도전장을 내민 적이 있었다. 그들은 코웃음을 치며 '맹랑한 애송이' 정도로 나를 취급했다.

기억에서 지우고 아예 없던 녀석처럼 여겼다. 하지만 그 애송이는 이제 없다. 자신의 한계를 인지하지 못하고 날뛰던 녀석은 사라졌다. 지금은 어엿한 강자 한 명이 있을 따름이다.

아리엘의 얼굴에 흥미가 떠올랐다.

동시에 한 방 얻어맞았다는 듯 고개를 주억였다.

"……그 말에 책임을 질 수 있겠느냐?"

가장 기본적이지만 절대적인 율법을 내뱉을 자격이 되냐는 말이다.

나는 자리에서 일어나 똑바로 아리엘의 붉은 눈을 응시했다.

"내가 아니면 누구도 질 수 없다, 아리엘 디아블로."

나 자신이 결코 약자가 아니라는 것.

홀로 너희 모두를 잡아먹어버릴 수도 있다는 자신감!

아리엘마저 이 부분에선 살짝 질릴 수밖에 없었다.

"이번에도 그 선택이 만용이 아니길 바라지."

아리엘은 몸을 돌려 다른 세 개의 사이드 홀을 바라봤다.

이윽고 언령을 발동시켜 선언하였다.

"들어라! 랜달프 브뤼시엘을 휘하로 받아들이는 자, 나 대공 아리엘이 결코 용납하지 않을 것이다. 만약 이를 어길 시 나에 대한 선전포고로 받아들이겠노라! 전력을 다해 깨부술 터인즉!"

공식석상에서의 선언이다.

만약은 없다.

아리엘은 저 말 그대로 행동할 터였다.

누군가가 내게 접근하려는 의도를 차단시킨 것이다.

아리엘의 언령 스킬이 은은하게 묻어나자 말에 힘이 실려 있었다. 그렇다고 완전히 봉쇄되지는 않겠지만 이제 나에게 접근하려는 이는 한 번쯤 고민할 수밖에 없었다.

누구의 밑에도 들어가지 않겠다는 내 발언이 더해졌으니

더욱 확실하다.

아리엘이 느지막하게 말했다.

"홀로 선 자의 끝이 비참이 아니길 빌어주마, 랜달프 브뤼시엘."

말을 마친 그녀가 문을 향해 거침없이 걸어 나가기 시작했다.

가만히 전개를 지켜보던 드보롱이 외쳤다.

"아리엘 님! 아직 경매가 끝나지 않았습니다만?"

"흥이 깨졌다."

쿵!

거대한 문이 닫힌다.

아리엘이 경매장을 벗어난 것이다. 하지만 경매장을 벗어나는 아리엘의 표정은 썩 나쁘지 않았다. 도리어 꼭 손에 넣고 싶은 장난감을 찾은, 그런 어린아이와 같은 표정이었다.

경매는 계속해서 진행됐다.

대공 아리엘이 사라짐으로써 그 휘하 마족들은 잠시 당황한 듯하였으나 곧 정상적으로 경매에 참여했다.

결국 경매 도중 자리를 벗어난 이는 대공 아리엘뿐이었다.

하지만 그로 인해 분위기는 급변했다.

우선 나를 바라보는 마족들의 태도가 달라졌다.

대공 아리엘이 선언과 나의 발언.

'나'라는 존재가 더욱 강하게 부각된 계기가 되었다.

아직 부족한 감은 있지만 시간문제다.

강력한 마수, 두 개의 던전, 서서히 커가는 인간들까지.
마족들은 몰라도 나 역시 숨겨놓은 카드가 많았다.

시간이 조금만 더 주어진다면 충분히 일인군단, 개인 파벌
의 위력을 뽐내게 되리라고 자신하고 있었다. 지금은 일단
인식을 조금이나마 비틀었다는 것에 만족한다.

하나 내가 바라는 건 모든 대공과 나란히 서는 거다.

더 나아가 온전한 경쟁 상대로서 승리를 거머쥐는 게 진정
한 목적이었다. 그리고 그들이 나를 두려워하며 조급하게 만
드는 것이 1차 목표였다.

고작 2년 차에 거의 그 목표에 다가갔다고 할 수 있었다.

아리엘의 행동은 그 저의를 여전히 알 수가 없었지만, 오
로지 나의 관점에서 봤을 때 실보다 득이 컸다.

더 많은 조명과 시선이 쏠리기 시작했으므로…….

이 막의 주인공은 온전히 나 자신이 되어야 하기 때문이
다. 그렇게 몇 개의 아이템을 더 얻은 뒤 나는 두 번째 경매
를 매우 만족스럽게 끝마쳤다.

to be continued